콤플렉스의 밀도

청소년 테마 소설

콤플렉스의 밀도

1판 1쇄 2014년 8월 5일 | 1판 10쇄 2024년 2월 20일
글쓴이 고재현 김혜정 방미진 송미경 이경혜 이진 홍명진
책임편집 원선화 | 편집 엄희정 이복희 | 디자인 김이정 이지선
마케팅 정민호 서지화 한민아 이민경 안남영 왕지경 정경주 김수인 김혜원 김하연 김예진
브랜딩 함유지 함근아 고보미 박민재 김희숙 박다솔 조다현 정승민 배진성
저작권 박지영 형소진 최은진 서연주 오서영
제작 강신은 김동욱 이순호 | 제작처 영신사
펴낸곳 (주)문학동네 | 펴낸이 김소영
출판등록 1993년 10월 22일 제2003-000045호
주소 10881 경기도 파주시 회동길 210
전자우편 kids@munhak.com | 홈페이지 www.munhak.com | 카페 cafe.naver.com/mhdn
북클럽 bookclubmunhak.com | 트위터 @kidsmunhak | 인스타그램 @kidsmunhak
대표전화 (031)955-8888 팩스 (031)955-8855
문의전화 (031)955-3576(마케팅) (02)3144-3238(편집)

ISBN 978-89-546-2544-9 03810

청소년 테마 소설

콤플렉스의 밀도

고재현
김혜정
방미진
송미경
이경혜
이진
홍명진

문학동네

| 차 례 |

송 미 경… 젤잘자르 헤어

이를 닦던 나는 거울 가까이 얼굴을 대고 혀를 길게 내밀었다. 치약 거품 가득한 혀 위로 정체를 알 수 없는 거뭇거뭇한 것들이 보였다. 나는 칫솔로 혀를 세게 문질렀다. 구역질이 올라왔다. 혀를 길게 뺀 뒤 마른 수건으로 비벼 보았다.

"아침 먹어라, 연희."

엄마가 불렀다. 방으로 들어가던 나는 고개를 저었다.

"아침을 먹어야 수업 시간에 집중이 되지."

엄마가 말했다.

"쟤는 좀 덜 먹어도 돼. 비만이잖아."

민희 언니 목소리만 들어도 짜증이 났다. 나는 민희 언니를 한 번 째려보고는 가방을 메고 밖으로 나왔다.

골목길 끝에 짧은 교복 치마를 입은 인아가 있었다. 나를 보자 인아는 손가락 두 개를 펴서 가위 모양을 만들어 보였다.

"가위, 바위, 보!"

인아는 허공에서 손을 휘저으며 외쳤다.

인아는 가위를 내고 나는 보자기를 냈다.

"내가 이겼지?"

인아가 가방을 내게 던졌다.

순간 혓바닥이 견딜 수 없이 간지러워졌다. 등굣길 내내 손톱으로 혀를 긁었지만 시원하지 않았다.

선생님이 도착하지 않은 교실은 아이들의 말소리로 가득했다. 나는 인아의 책상 위에 가방을 올려 두고 화장실로 달려갔다. 화장실 칸의 문을 잠근 뒤 주머니 속에서 손거울을 꺼내 혀를 보았다. 거뭇거뭇하기만 하던 것이 가시처럼 올라와 있었다.

나는 수업 시간 내내 입을 꼭 다물고 혀를 입천장과 윗니에 비벼 댔다. 자잘한 돌기들이 입천장에 걸리적거렸다.

쉬는 시간에 인아가 내 필통을 뒤적거리며 말했다.

"야, 보라색은 왜 안 샀냐? 분홍색이랑 주황색, 연두색, 이런 건 뭐야. 촌스러워 가지고."

인아는 얼마 전 새로 산 컬러 사인펜을 몽땅 골라내서 가져가 버렸다. 볼펜과 연필 몇 자루만 남은 내 필통을 보고 있는데 갑자기 혓바닥이 견딜 수 없이 가려웠다. 나는 입을 굳게 다물고 윗니로 혀를 긁어 댔다.

"엄마가 밥 먹으래."

다음 날 아침 민희 언니 목소리에 잠이 깼다. 나는 욕실에 들어가서 문을 잠근 뒤 혀를 길게 빼고 거울에 비춰 보았다. 거뭇거뭇한 건 털이 분명했다. 손가락으로 비벼 보니 제법 까슬까슬했다. 나는 손으로 계속 혀 위에 돋아난 털을 쓸어 보았다.

그날 나는 학교에서 하루 종일 입을 열지 않았지만 평소에도 말이 없는 나를 아무도 이상하게 생각하지 않았다.

급식 시간에 인아가 식판을 들고 내 책상 앞에 서더니 손가락 다섯 개를 쫙 펴서 보자기를 보여 주었다.

"가위, 바위, 보!"

인아가 빨간 혀를 날름하고는 말했다.

"거봐, 언제나 내가 이기는 거야."

옆에서 지켜보던 아이들이 듣기 싫은 소리로 웃어 댔다.

인아는 내 식판에 시금치나물과 무채를 올려놓은 뒤 내 프라이드치킨을 자신의 식판으로 옮겼다.

"채소 반찬을 많이 먹어야지. 풍선처럼 부풀다가 빵 터지지 않으려면. 다 너를 위해서야."

인아는 내 어깨를 툭 치고는 자기 친구들이 있는 자리로 갔다. 무리가 나를 보며 킬킬거렸다. 혀가 견딜 수 없이 간지러웠다. 나는 거울을 보지 않아도 내 혀에 털이 조금 더 자라났음을 알 수 있었다.

중학생이 된 뒤 같은 반 친구들과 잘 어울리지 못했던 인아는 쉬는 시간에도 우리 반으로 날 찾아오곤 했다. 우린 아침마다 만나서 같이 학교에 갔고 가위바위보를 해서 서로의 가방을 들어 주는 놀이를 하기도 했다. 점심시간이면 운동장에 나가 놀았고 학교가 끝나면 함께 집에 왔다. 그런 인아가 갑자기 변한 이유를 나는 묻지 못했다. 우리 언니처럼, 갑자기 나를 싫어하게 된 것뿐이라고 생각했다. 함께 방을 쓰고 함께 목욕을 하고 함께 떡볶이를 만들어 먹던 언니는 어느 순간부터 나를 멀리했고 내 얼굴만 봐도 짜증을 냈다. 준하도 그랬다. 내게 아무런 이유도 설명해 주지 않고 나를 피하기 시작하더니 이젠 길 끝에서 내 모습이 보이면 재빨리 다른 길로 가 버렸다. 인아 말대로 내 몸이 풍선처럼 부풀어서일까.

혀에 털이 생긴 뒤부터 아침이면 나는 일어나자마자 욕실로 달려가 문을 잠그고 거울 앞에서 혀를 길게 뺐다. 그 전까지 나는 아침마다 몸무게를 쟀다. 단 한 번도 줄어들지 않고 늘기만 하던 몸무게는 지금 몇 킬로일까? 이제 내게 몸무게 같은 건 중요한 게 아니었다. 혀를 본 나는 한숨을 길게 내쉰 뒤 이를 닦았다.

혀의 털은 더디지만 꾸준히 자랐고 두 달이 지나자 눈썹 길이만큼 되었다. 길어진 털은 한결 감촉이 좋았다. 나는 입 안에서 혀를 굴려 길어진 털을 왼쪽으로 눕히기도 하고 오른쪽으로 눕히기도 하며 하루를 보냈다. 하고 싶은 말을 참아야 하거나 지루한 일이 생겼을 땐 혀 털을 입천장에 비벼 대며 딴생각을 했다. 기분이 좋을 땐 부드러운 칫솔로 털의 결을 따라 정성껏 빗었다.

어느 날 아침 민희 언니가 내 가방을 뒤져 시험지를 찾아냈다.

"어중간한 점수 받을 거면 아예 빵점을 받아. 자존심도 없냐."
"남의 가방은 왜 뒤지는데?"
"네가 가져간 내 필통 찾으려고 그랬다. 왜?"
민희 언니는 빨간 필통을 손에 쥐고 말했다.
나는 잠시 빌렸던 것뿐이라고 말하려 했지만 혀가 참을 수 없이 간지러워 아무 말도 할 수 없었다. 나는 돌아서서 소매 끝으로 혀를 비비적거렸다. 순간 나는 혀 털이 입술 밖으로 삐져나올 만큼 자란 것을 느꼈다. 욕실에 들어가 칫솔을 집어 드는데 칫솔모 사이에 낀 털 한 가닥이 보였다. 나는 칫솔을 씻다가 휴지통에 던져 버리고 주방에서 가위를 꺼내 왔다. 욕실 문을 잠근 나는 가위를 혀에 가져갔다. 무겁고 차가운 가윗날이 혀에 닿자 손이 떨려 왔다.
"연희야, 오늘은 아침 먹고 가라. 샌드위치 만들었어."
엄마 목소리가 욕실 밖에서 들려왔다.
"배탈 났어요."
내가 문에 대고 큰 소리로 말했다.
나는 다시 거울 앞에 다가섰다. 세면기가 가로막고 있어서 어느 정도 이상은 다가갈 수 없었다. 나는 욕실 의자를 가져와서 위에 올라섰다. 거울에 얼굴을 바짝 붙이고 가위를 혀끝에 가져다 댔다. 그러고는 서툰 가위질로 혀 털을 자르기 시작했다. 잘려 나간 털이 혀에 달라붙자 나는 양치 컵에 물을 받아 입 안을

헹궜다. 불규칙하게 잘린 털들이 하얀 세면기 위에 침과 함께 달라붙었다.

나는 혀로 입천장을 쓸어 보았다.

"괜히 잘랐네. 느낌이 안 좋아. 까끌거리기만 하고."

나는 중얼거린 뒤 거울에 더 바짝 얼굴을 댔다. 콧김과 입김 때문에 거울에 하얗게 김이 끼었다. 손으로 거울을 문지른 뒤 다시 가위질을 했다. 잘려 나간 털이 입 속에서 침과 엉겨 붙었다. 세면기에 침을 뱉었다. 혀 털과 새빨간 피와 침이 범벅이 되어 세면기 구멍으로 미끄러졌다.

며칠 뒤 나는 가위 대신 족집게를 사용해 보기로 했다. 족집게로 털을 집은 뒤 힘을 주어 당겼지만 주위의 살이 따라 올라올 뿐 털은 빠지지 않았다. 눈물이 핑 돌았다. 나는 손에 힘을 준 뒤 다시 한번 재빨리 잡아당겼다.

"악!"

"연희야, 왜?"

욕실 밖에서 엄마가 소리쳤다.

"혀!"

"뭐라고? 혀?"

엄마가 문밖에서 소리쳤다.

"아아이, 혀 깨무르……."

나는 눈물을 닦으며 또박또박 말하려고 애썼다.

"문 열어 봐. 연희야."

엄마가 욕실 문을 두드렸다. 나는 정신을 바짝 차렸다.

"혀 깨물었어요. 괜찮아요."

나는 눈물을 닦아 내고 거울에 혀를 비춰 보았다. 털이 뽑혀 나간 자리는 살점이 떨어져 피가 났다.

"욕실에서 뭘 먹길래 혀를 깨무냐. 치약?"

욕실 밖으로 나오는데 민희 언니가 입꼬리를 비틀며 말했다.

"너나 먹어, 치약."

내가 이를 악물고 말했다.

"이게 어디서 너래?"

민희 언니가 엄마에게 이르려고 주방으로 달려간 사이 나는 집을 나와 버렸다.

나는 젤잘자르 헤어에 갔다. 젤잘자르 헤어는 우리 동네에서 가장 조용한 미용실이다. 다른 미용실들은 머리하는 사람뿐 아니라 수다 떨러 모인 사람들로 언제나 북적거린다. 게다가 직원들도 많다. 하지만 젤잘자르 헤어는 직원이 피터폴루벤스 한 명뿐이다. 젊은 미용사 아저씨는 늘 그 긴 이름을 줄이지 않고 다 불러 줘야만 대답한다.

"오랜만이네."

나는 고개를 끄덕여 인사한 뒤 의자에 앉았다.

"지난번처럼 해 줄까?"

목에 흰 천을 둘러 주며 피터폴루벤스가 말했다.

"네."

나는 최대한 입을 작게 벌려 대답했다.

"앞머리 많이 길었네. 아예 길러서 귀 뒤에 꽂을래? 아님 뱅으로?"

나는 거울에 비친 내 얼굴을 보았다. 그러고 보니 그동안 앞머리가 눈을 찔러 불편했는데도 앞머리를 잘라야겠다는 생각을 하지 않았다. 거울을 볼 때마다 내 눈엔 혀 털만 보였기 때문이다.

큰 거울 앞에 앉자 나는 습관적으로 혀를 빼서 확인하고 싶어졌다.

"어떻게 할까?"

피터폴루벤스가 재촉했다.

"그냥요."

"그냥이라니, 그게 가장 어려운 거야. 적당히 해 달라는 손님이 가장 까다로운 손님이지."

혀 털을 말끔히 없애 달라는 말이 혀끝에서만 맴돌았다.

"알았어. 너 뒷말하지 않기다. 내 마음대로 해도."

"네."

그때 선글라스를 낀 아가씨가 들어왔다.

"오랜만이네요."

피터폴루벤스가 반갑게 맞았다.

"지금 급한데 빨리 될까요? 피터폴루벤스."

"이 학생부터 해야 하는데……."

피터폴루벤스가 말끝을 흐리며 나를 쳐다봤다.

"학생, 대신 내가 학생 미용비 낼게요. 내가 정말 급해서 그래요. 출장을 멀리 가는데……."

선글라스 낀 아가씨가 사정했다.

"네."

내가 대답했다.

"고마워. 금방 돼."

피터폴루벤스가 말했다.

피터폴루벤스는 내 어깨를 토닥거린 뒤 막대 사탕을 까서 손에 쥐여 주었다. 나는 목에 두른 천을 올려 막대 사탕을 받았다. 사탕을 입에 넣고 막대를 돌리니 입 속의 털들이 쓸려 다니는 것이 느껴졌다. 혀에 털이 난 뒤 사탕은 처음이었다. 나는 사탕을 뺐다가 입 속에 넣기를 반복했다. 끈적거리는 사탕에 혀 털이 달라붙었다가 침이 고이면 떨어지기를 반복했다.

"선글라스 벗어요. 괜찮아요. 중학생인데 뭘."

피터폴루벤스가 선글라스를 잡고 망설이는 아가씨에게 말했다.

사탕 빨기에 집중해 있던 나는 그제야 옆자리에 앉은 아가씨를 거울로 곁눈질해 보았다. 속눈썹이 머리카락처럼 길게 광대뼈 위까지 자라 있었다.

나는 비명을 지를 뻔했지만 태연한 체하며 몰래 아가씨를 보았다. 아가씨는 눈을 감고 있었다.

“많이 길었네요.”

“자를 틈이 없었어요. 잘못 자르면 보기 흉해서 그냥 선글라스 끼고 다니고.”

“답답할 땐 실컷 울라니까요. 엉엉 소리 내면서.”

“다음엔 그래 볼게요.”

나는 막대 사탕을 입 안에서 굴리며 계속 옆자리 아가씨를 지켜보았다. 피터폴루벤스는 아주 능숙하게 아가씨의 속눈썹을 잘라 냈다.

“학생 고마워.”

볼일을 마친 아가씨는 거울 앞 선반에 두었던 선글라스를 가방에 넣으며 환하게 웃었다. 아가씨는 내 미용비까지 계산한 뒤 급히 미용실을 나갔다.

“놀랐지? 열세 살 때부터 속눈썹이 자랐대. 눈물을 참을 때마다 자란다고 하더라.”

피터폴루벤스가 분무기로 내 머리에 물을 뿌리며 말했다.

“믿기 어렵겠지만, 귓구멍 속에서 머리카락처럼 긴 털이 자라는 사람도 있어. 그런 건 혼자 잘라 내기도 쉽지 않거든. 어머, 호랑이도 제 말 하면 온다더니 그 손님이네."

검은색 털모자를 귀까지 눌러쓰고 배낭을 멘 젊은 남자가 미용실로 들어오고 있었다.

"오늘따라 오랜만에 오시는 분들이 많네요."

"네?"

남자는 귀찮은 표정으로 대기 의자에 배낭을 내려놓고 앉았다.

"지금 이 학생 머리해 줘야 하는데 잠시만 기다려 주세요."

피터폴루벤스가 눈치를 보며 말했다.

"이제 시작인가 보네요."

모자 쓴 남자가 내려놓았던 배낭을 다시 멨다.

"가시게요?"

"다음에 올게요."

모자 쓴 남자는 인상을 찌푸렸다.

"그럼 먼저 하세요."

내가 막대 사탕을 입에 문 채 말했다. 이제 사탕이 작아져서 막대 끝이 느껴지기 시작했다. 피터폴루벤스와 모자 쓴 남자가 나를 동시에 쳐다보았다.

"저는 시간도 많고, 오늘 제 미용비는 다른 손님이 이미 계산해 주어서 공짜니까요."

내가 말했다.

피터폴루벤스의 얼굴이 순간 환해졌고 모자 쓴 남자의 굳었던 표정도 무표정으로 돌아왔다.

모자 쓴 남자는 고맙다는 말도 하지 않고 내 옆자리 의자에 앉았다. 피터폴루벤스가 남자의 목에 흰 천을 두르자 남자는 눈을 질끈 감았다. 그래서 나는 마음 놓고 남자를 관찰할 수 있었다. 피터폴루벤스가 남자의 모자를 벗기자 머리카락 같은 긴 털이 귀에서 쏟아져 내렸다. 귀 털들은 어깨를 지나 팔꿈치까지 간당거렸다.

"어유, 빨리도 자라네요. 급할 땐 직접 다듬으셔도 될 것 같은데. 어차피 모자 쓰고 다니시니까."

피터폴루벤스가 빗으로 귀 털을 빗으며 중얼거렸다.

"아, 쉽게 잘리지 않는 털이었죠."

피터폴루벤스가 생각난 듯 덧붙였다.

남자는 인상을 일그러트리며 눈을 더 질끈 감았다.

"붕어빵 사 올래? 같이 먹게."

피터폴루벤스가 내게 만 원짜리 지폐를 내밀었다.

"배고파서 그래. 팥 열 마리, 크림 세 마리 사 와. 거스름돈 7000원 가져오고."

피터폴루벤스는 재촉하듯 돈을 흔들며 말했다.

모자 쓴 남자가 다시 미간을 심하게 찌푸렸다. 나는 어쩔 수 없이 돈을 받아 들고 미용실을 나왔다.

길 건너 붕어빵 포장마차엔 손님이 나 말고도 두 명이나 기다리고 있었다. 붕어빵 아저씨가 붕어빵틀에 반죽을 붓고 팥을 떼어 넣은 뒤 뚜껑을 덮었다. 그리고 잠시 뒤 빵틀을 뒤집었다. 빵틀 뒤집는 것을 보다가 길 건너 젤잘자르 헤어로 고개를 돌렸을 때 민희 언니가 미용실로 들어가는 것이 보였다. 언니가 왜 저기로 들어가는 거지? 긴 생머리인 언니는 미용실에 거의 가지 않는다. 자매지만 언니의 머릿결은 나와 다르기 때문이다. 나는 매직파마를 해서 머리를 곧게 펴야 생머리가 되지만 언니는 그냥 내버려 두어도 언제나 찰랑거리는 머릿결을 유지한다. 게다가 머리 다듬은 지도 얼마 되지 않았는데.

"얼마치 살 거냐니까."

붕어빵 아저씨가 빵틀 뒤집는 쇠꼬챙이로 빵틀을 두드렸다.

"만 원요."

나는 돈을 건넨 뒤 다시 길 건너 젤잘자르 미용실 쪽을 보았다.

"만 원어치 다 팥으로?"

"네."

나는 건성으로 대답하고는 계속 미용실 쪽을 주시했다.

아직 젤잘자르 미용실에서 언니가 나오지 않고 있었다. 나는 미용실로 돌아가고 싶지 않았다. 언니를 집이 아닌 곳에서 만나면 왠지 더 불편했기 때문이다.

"그래 좋다. 한 개 더 주마. 됐지? 이제 가 봐라."

아저씨는 붕어빵 하나를 내 손에 쥐여 주었다. 나는 얼떨결에 붕어빵을 받아 들고 길을 건넜다.

조심스럽게 안을 들여다보니 언니가 미용실 의자에 앉아 있는 모습이 보였다. 나는 몸을 벽 쪽으로 숨겼다. 후드 티 모자를 뒤집어쓰고 몸을 숙여 언니의 움직임을 살폈다. 언니가 나올 것 같으면 상가 화장실이나 미용실 옆 빵집으로 뛰어 들어갈 생각이었다.

그때 어디선가 인아가 나타났다.

"뭐 하냐?"

나는 대답하지 않았다.

"붕어빵은 내가 도와줘야겠는걸. 널 위해서."

인아가 말했다.

그때 언니가 미용실에서 나왔다. 나는 인아 뒤로 몸을 숨겼다. 민희 언니는 길을 건너 골목으로 사라졌다.

인아는 내게 주먹을 보여 주었다. 그 말은 가위를 내라는 뜻이다.

"안 내면 진다. 가위, 바위, 보!"

인아의 말에 따라 우린 손을 내밀었다. 인아는 주먹을, 나는 보자기를.

"야! 너 어디서! 미친 보자기를 내?"

나는 들고 있던 붕어빵 한 개를 인아 입 속에 쑤셔 박았다.

"웩!"

내가 길게 혀를 빼 보이자 인아가 붕어빵을 입에 문 채 눈을 동그랗게 떴다. 비명을 지르며 달려가는 인아를 뒤로하고 나는 태연하게 미용실로 들어갔다.

"왜 이리 안 오나 걱정했어."

피터폴루벤스는 내 손에 든 봉지를 받아 들었다.

"얼마치를 사 온 거야?"

그제야 나는 아까 만 원어치를 다 달라고 했던 게 기억났다. 나는 호주머니에서 미용비로 준비해 온 돈 중 7000원을 피터폴루벤스에게 주었다.

"3000원어치를 샀는데 이게 몇 마리야? 지난번에 덜 익은 거 팔아 놓고 큰소리치더니 미안했나 보네. 하긴 인상이 험악해서 그렇지 괜찮은 분이야."

피터폴루벤스는 붕어빵을 베어 먹으며 종이봉투 속 붕어빵을 세었다.

"쉰 마리가 넘네. 이걸 어떻게 우리 둘이 다 먹어. 근데 줄 거면 크림도 몇 마리 섞어 주지. 팥만 쉰 마리네."

'언니는 여기 왜 왔지? 웬만하면 유명한 미용실로 갈 텐데.'

나는 미용 의자에 앉아 계속 민희 언니를 생각했다.

"더 먹지그래?"

"배불러요."

피터폴루벤스가 내 머리에 다시 물을 뿌리며 빗질을 하더니 아주 능숙하게 가위질을 시작했다.

"오늘 내가 솜씨 좀 발휘해 주지."

피터폴루벤스는 흥에 겨운지 콧노래까지 부르며 내가 부탁하지도 않은 뒷머리까지 자르더니 이젠 앞머리를 눈썹 바로 위까지 자르고 있었다. 너무 짧다는 말을 하려고 몇 번 망설였지만 이미 가위가 지나간 뒤였다.

"네가 말이 없고 얼굴도 하얗고 동그래서 너무 순해 보이잖니. 이렇게 헤어스타일이라도 파격적으로 자르면 기분 전환이 될 거야. 그러고 보니 오늘 네가 세 명한테나 양보해 줬네."

나는 말없이 피터폴루벤스를 쳐다보았다. 피터폴루벤스는 하던 가위질을 잠시 멈추었다가 말을 이었다.

"나는 저런 사람들을 많이 봐 왔어. 어느 날 아침 자고 일어났을 때 자신의 몸에서 자라난 털을 발견한 사람들 말이야. 네가 붕어빵 사러 간 사이에 왔던 애만 좀 다른 경우지. 걔는 어느 날부터 머리카락이 빠지기 시작했거든. 건강엔 이상이 없다는데 말이야."

나는 깜짝 놀라 입을 크게 벌렸다. 하마터면 털북숭이 혀가 밖으로 쭉 빠질 뻔했다.

"이제 막 고등학교 올라간 애가 가발 쓰고 다니려니 얼마나 힘들겠어. 얌전한 애가 얼마나 맘고생을 했는지 몰라. 예술고등학교 시험을 준비하다가 그렇게 됐다는데 신기하게도 시험에서 떨어지고 난 뒤 머리카락이 아주 조금씩 나고 있어."

"예술고등학교요?"

언니가 피아노를 잘 치는 건 알고 있었지만 예술고등학교에 가기 위해 준비하고 있었다는 건 몰랐다.

"자존심이 워낙 강한 애라서 혹시 시험 떨어질까 봐 엄마 외에는 아무에게도 알리지 않은 것 같아. 오늘은 가발 손질하러 온 거야."

피터폴루벤스는 내 정수리 쪽 머리카락을 비스듬히 끌어 올려 가위로 층을 내기 시작했다.

"손톱 아래에서 머리카락처럼 긴 털이 자라는 사람도 있고, 오른쪽 눈썹과 왼쪽 눈썹이 연결된 사람도 있고, 턱수염이 나는 소녀도 있고. 그리고 잇몸에서 털이 자라서 마음껏 웃지도 못하는 사람도 있지. 언제나 손으로 가리고 웃어야 한다고 생각해 봐라. 눈썹도 좀 다듬어 줄까?"

"네."

피터폴루벤스의 이야기를 듣는 동안 내 얼굴은 아주 웃기고 못된 얼굴로 변하고 있었다.

"어때, 눈썹 산을 뾰족하게 다듬으니까 인상이 한결 강해 보이지?"

"네."

"이제 눈썹을 꿈틀거려 봐라."

나는 눈썹을 꿈틀거렸다.

"말하기 귀찮을 땐 그렇게 해. 눈썹에 힘을 팍 주는 거지."

"네."

"웃을 때도 소리 크게 내."

내가 미소만 짓자 피터폴루벤스가 내 어깨를 툭 치며 말했다.

"아하하하하하. 이렇게 해 보라고. 배에 힘을 딱 주고 소리를 크게 내서 웃어야지!"

"이히히히히."

나는 이를 다물고 어색하게 웃었다. 그러자 피터폴루벤스가 배를 잡고 진짜 웃기 시작했다.

"얘, 너 웃음소리 너무 웃기다. 웃다 보니 진짜 웃기지 않니?"

스펀지로 목덜미와 얼굴에 묻은 머리카락들을 떨어낸 뒤 피터폴루벤스는 내 손에 큰 거울을 쥐여 주었다.

"자, 뒷모습도 한번 봐라."

피터폴루벤스는 내 의자를 180도 돌려 주었다. 의자가 빨리 돌아가며 손에 쥐고 있던 거울이 바닥으로 떨어졌다. 나도 모르게 앗, 소리를 지르며 혀를 입 밖으로 내밀었다. 순간 북슬북슬한 혀털이 드러났다. 갑자기 얼굴이 화끈 달아올랐다.

"아이고, 진작 말을 하지 그랬니. 걱정 마라. 내 솜씨 봤지?"

내가 아무 말도 하지 않았는데도 피터폴루벤스는 작은 가위와 전기 면도기와 알 수 없는 도구들을 꺼내 왔다.

"에, 소리를 내며 길게 혀를 빼 봐. 올리브유를 조금 바른 뒤 생크림을 뿌리고……."

나는 눈을 감았다. 혀끝에 부드럽고 달콤한 것들이 닿았고 차가운 칼날들이 지나가자 혀가 시원해졌다.

"이렇게 바짝 밀어 놓으면 한동안 갈 거야. 어쩌다 입이 벌어져도 안 보이지. 됐다. 이제 떠 봐."

너무 세게 눈을 감고 있다 떠서인지 눈이 시렸다.

눈을 뜨자 거울 속에 내가 보였다. 나는 아주 오랜만에 나와 눈을 맞추었다.

"마음에 드니?"

피터폴루벤스가 물었다.

"괜찮은 것 같아요."

"혀를 길게 빼서 봐야 알지."

나는 혀를 길게 뺐다. 오랜만에 보는 분홍색 혓바닥이었다.

"혀 털이 자라고 깎이고 하는 거에 곧 익숙해질 거야."

피터폴루벤스가 허리를 숙여 머리카락 뭉치들을 쓰레받기에 쓸어 담으며 말했다. 피터폴루벤스가 구석까지 비질을 하느라 허리를 깊게 숙일 때마다 허리를 한 바퀴 휘어 감은 긴 원피스형 앞치마 아래로 갈색 꼬리가 빼꼼 보였다.

"진짜 멋져요."

나는 피터폴루벤스의 긴 꼬리를 보며 말했다.

"난 무엇이건 제일 잘 자르는 미용사거든."

피터폴루벤스가 허리를 쭉 펴자 꼬리가 긴 앞치마 자락 속으로 숨어들었다.

나는 거울 속 나를 계속 보았다. 짧아진 앞머리 아래로 갈매기 모양 눈썹이 힘차게 꿈틀거렸다.

김 혜 정…학교에 안 갔어

"이번 역은 명동, 명동역입니다. 내리실 문은 왼쪽입니다. This stop is……."

지하철 문이 열리자 사람들이 우르르 몰려 내렸고, 나도 그 속에 휩쓸려 내렸다. 옆에 서 있던 여자의 가방이 내 어깨에 세게 부딪쳤다. "아아." 하는 소리가 절로 새어 나왔지만 여자는 이미 계단을 오르고 있었다.

"학생, 거기 서 있으면 어떡해? 사람들 지나다니게 좀 비켜."

지나가는 아저씨가 나를 힐끔 쳐다보며 한마디 했다. 난 지하철 승강장 벽에 바짝 붙어 섰다.

나는 승강장이 좀 한산해지길 기다렸다가 계단을 올라왔다. 먼저 지하철 안내도에서 화장실 위치를 확인했다. 2번 출구 쪽으로 50미터 가면 화장실이 있다고 나와 있다.

붐비는 지하철 승강장과 다르게 화장실에는 사람이 많지 않았다. 비어 있는 칸으로 들어가 가방 걸이에 가방을 걸었다. 교복 상의와 치마를 차례대로 벗은 후 가방에서 티셔츠와 청바지를 꺼내 갈아입었다.

명동역 7번 출구로 나왔다. 사람들이 많지 않아 거리는 무척

한산했다. 지난번 중간고사가 끝난 금요일 저녁에 왔을 때는 사람이 너무 많아, 줄을 서서 걸어 다녀야 했다. 하긴, 평일 아침부터 명동에 놀러 오는 사람이 많진 않을 거다. 게다가 아직 아침 8시밖에 되지 않아서 상점 대부분이 닫혀 있었다.

명동은 우리 집에서 한 시간도 채 걸리지 않지만 시험 끝난 날이나 개교기념일 같은 특별한 날이 아니면 올 기회가 거의 없다.

좌우로 즐비한 건물들을 구경하며 길을 걷고 있는데 영화관 간판이 보였다. 이 시간에도 영화 상영을 하려나?

1층 매표소 앞에 있는 상영 시간표를 살펴보니 마침 8시 40분에 시작하는 영화가 있었다. 이십 대 꽃미남 배우들이 대거 출연하는 영화로, 보고 온 반 아이들이 재미있다고 했던 것 같다.

"저, 8시 40분 영화요."

"5000원입니다."

지갑에서 돈을 꺼내 매표소 구멍 안으로 내밀었다. 잠깐. 5000원이라니, 내가 여전히 고등학생으로 보이나? 고개를 숙여 내 옷차림을 살피는데 매표소 언니가 영화 티켓을 건넸다. 티켓에는 '조조'라고 적혀 있었다. 내가 고등학생이라서 요금이 싼 게 아니었나 보다.

팝콘과 콜라를 산 후 상영관으로 들어갔다. 음료수 받침대에 콜라 컵을 꽂은 뒤 팝콘을 먹고 있는데, 영화 상영 중엔 휴대전화를 끄라는 광고가 나왔다.

주머니에서 휴대전화를 꺼냈다. 연락 온 곳은 아무 데도 없었다. 지금쯤 학교에서는 0교시 보충수업이 한창이겠지? 아이들은 내가 조금 늦는다고 생각하고 있을 거다. 그러다 1교시가 시작될 때까지도 오지 않으면 궁금해서 연락을 하겠지?

난 전원 버튼을 길게 눌러 휴대전화를 껐다.

영화가 끝났다.

남자 주인공이 마지막에 죽는다는 걸 알고 봐서인지 기대만큼 재미있진 않았다. 영화를 보고 온 혜지의 이야기를 듣는 게 아니었다.

8층에서 에스컬레이터를 타고 내려오는데 예쁘게 옷을 입은 마네킹들이 눈에 들어왔다. 옷이나 좀 보고 갈까?

4층에서 내린 뒤 한 옷 가게로 들어갔다. 여름 맞이 대 바겐세일이라고 적힌 종이가 가게 벽면에 여기저기 붙어 있었다.

문 앞에 서 있는 마네킹은 큐빅이 박힌 노란색 티셔츠와 짧은 청치마를 입고 있었다. 예쁘다. 내가 입어도 예쁠까? 한번 입어나 볼까?

"저기, 언니. 저 옷 좀 보여 주세요."

점원 언니가 마네킹이 입고 있는 옷을 가져와 내게 건넸다.

"왼쪽 탈의실에서 갈아입으면 돼요."

탈의실에서 옷을 갈아입은 후, 바깥으로 나왔다. 노란색 티셔츠는 몸에 꽉 끼어 뱃살이 도드라졌다. 하지만 청치마는 꽤 어울렸다. 나는 상체에 비해 하체가 좀 마른 편이다.

"다리가 예쁘네요. 잘 어울려요."

점원 언니가 내 옆으로 다가와 말했다.

"근데 치마가 너무 짧아요."

치마는 무릎 위로 한 뼘 넘게 올라와 허벅지의 맨살이 그대로 다 드러났다.

"어머, 요즘 다 그래요. 이게 짧긴 뭐가 짧아."

내가 사지 않겠다는 뜻을 비치자, 치마만큼 점원 언니의 말도 짧아졌다.

탈의실로 다시 들어와 원래 옷으로 갈아입었다. 살짝 치마의 가격표를 봤는데 50퍼센트 세일을 했는데도 3만 원이 넘었다. 점원 언니에게 티셔츠와 청치마를 건넸다.

"아깝다. 정말 잘 어울렸는데. 이거 마지막 하나 남은 제품이에요."

점원 언니가 들고 있는 청치마를 보니 갑자기 그 아이의 웃는 모습이 떠올랐다.

두 달 전 전교 조회 시간이었다. 교장 선생님 말씀이 끝나고, 학생부장 선생님이 조회대에 섰다. 학생부장은 교복을 단정히 입으라며 주의를 주었다. 제발 좀 줄여 입지 말라고 말이다. 나와는 상관없는 이야기라 생각하고 잠시 딴생각을 하는데, 갑자기 학생부장이 내 이름을 불렀다.

"1학년 7반 서은수. 이리 나와 보도록."

학생부장이 왜 나를 부르는지 알 수 없었다. 난 어리둥절한 상태로 조회대 앞으로 나갔다.

"서은수, 치마 좀 펼쳐 봐."

나는 선생님이 시키는 대로 양손으로 치마를 잡은 뒤, 치마를 양 옆으로 들어 올렸다.

"자 봐. 정확히 180도잖아. 얼마나 예쁘니? 우리 학교 치마는 니들이 입는 손바닥만 한 미니스커트가 아니라 이렇게 나풀나풀한 플레어스커트라고!"

학생부장은 나를 칭찬했다. 하지만 아이들이 킥킥대며 웃는 소리가 내 귀에 아주 잘 들렸다. 얼굴이 화끈거렸고, 엄마가 원망스러웠다.

엄마는 짧은 교복을 입은 아이들이 지나가면 "학생답지 못하게 저게 뭐야. 아휴, 쟤네 부모는 저걸 그냥 둬?"라고 꼭 한마디 했다. 그래서 유나와 서연이가 교복을 줄이자며 함께 세탁소에 가자고 했을 때, 나는 가지 않았다.

조회가 끝나고 교실로 들어오는데, 소은수와 부딪쳤다. 소은수는 입학 때부터 꽤 유명한 우리 반 날라리다. 소은수의 남친은 학교 앞에서 자주 기다렸는데 그 남친은 자주 바뀌었고, 하나같이 잘생겨서 우리를 놀라게 했다.

"너, 우리 반이었어? 아까 난 학생부장이 나 부르는 줄 알고 놀랐어. 우리 이름 너무 비슷하다."

새 학기가 시작된 지 두 달이 넘었는데도 소은수는 내가 같은 반이라는 걸 몰랐다. 난 소은수 때문에 불편한 게 이만저만이 아니었다. 많은 아이들이 소은수의 이름을 서은수로 알고 있어서, 내가 서은수라고 하면 이상하다는 듯 고개를 갸우뚱했다. 소문으로 듣던 그 아이가 아니기 때문이다.

"근데 네 치마, 너랑 참 잘 어울린다."

소은수의 시선이 내 교복 치마에 머물렀는데, 그때 그녀의 한쪽 입꼬리가 살짝 올라가는 게 보였다. 전교생이 대놓고 웃는 것보다 소은수의 미묘한 비웃음이 더 기분 나빴다.

나라고 이 짧은 청치마를 못 입을 이유는 없다.

"언니, 치마 살게요. 포장해 주세요."

옷을 사고 나왔더니 어느새 12시가 넘어 있었다. 팝콘 한 통을 다 먹긴 했지만 배가 고팠다.

점심으로 뭘 먹을까 고민을 하는데 수제 버거 가게가 보였다. 블로그에서 많이 봤던 곳이다. 가게 앞에 붙은 버거 그림이 아주 먹음직스러워 보였다.

가게 안으로 들어갔다. 자리에 앉으니 점원이 메뉴판을 가져다 주었다. 패스트푸드점보다 두 배쯤 더 비싼 가격이었다. 아까 치마를 사는 바람에 지출이 컸지만, 오늘을 위해 모아 둔 돈이 아직 남아 있었다. 난 인기 메뉴라고 추천받은 한우 버거와 콜라를 주문했다.

햄버거가 나오기를 기다리는 동안 이리저리 가게를 살펴봤다. 손님은 대부분 직장인으로 학생은 한 명도 보이지 않았다. 하긴 이 시간에 여기 있을 고등학생은 나밖에 없을 거다. 드라마 속에서 혼자 우아하게 브런치를 먹는 여자들이 부러웠는데, 오늘은 나도 그렇게 점심을 먹어야겠다.

주머니 속 휴대전화를 만지작거렸다. 전원을 켜고 싶지만 꾹 참았다. 아마 집이랑 학교는 지금쯤 난리가 났을 거다. 다들 깜짝 놀랐겠지? 나 때문에 당황했을 사람들을 생각하니 쿡쿡 웃음이 나왔다.

내가 결석했다는 전화를 받은 엄마는 그럴 리가 없다며 믿지 않을 거다. 요즘 청소년들이 문제라며 친척들이 나는 괜찮으냐고 물어보면, 엄마는 손사래를 치며 대답을 했다.

"우리 은수는 절대 그럴 리 없어요. 이런 숙맥이 사고 칠 그릇이나 돼요?"

고등학생이 가출을 했느니, 친구를 때렸느니, 임신을 했느니, 하는 이야기를 해도 엄마는 다른 나라 이야기 듣듯 넘겨 버렸다. 그런 것도 다 재주 있는 애들이 하는 거라며 말이다. 엄마는 나를 너무 띄엄띄엄 본다. 하지만 오늘 비로소 엄마가 실수했다는 걸 깨닫게 될 거다.

잠시 뒤 주문한 음식이 나왔다. 난 우아하게 나이프를 사용하여 버거를 먹기 시작했다.

양이 많지 않아 금방 한 개를 다 먹었다. 패스트푸드점에서 파는 버거랑 맛이 별 차이가 없다. 가격만큼 두 배 더 맛있을 줄 알았는데, 그저 그렇다. 게다가 콜라 리필도 안 해 준다. 학교 앞 패스트푸드점은 콜라 무한 리필도 되는데. 그래서 유나랑 서연이랑 함께 가면, 햄버거는 하나씩 시키지만 콜라는 한 개만 시킨다.

지금쯤 유나랑 서연이는 뭘 하고 있을까? 급식을 다 먹었겠지? 오늘은 수요일이니까 특식이다. 특식이라고 해 봤자 왕돈가스나 스파게티가 나오지만, 아이들은 특식을 꽤나 기다린다.

소화도 시킬 겸 조금 더 앉아 있으려고 했는데 점원이 묻지도 않고 식탁 위에 있는 접시를 치웠다. 그러고 보니 가게 바깥에 줄 서 있는 손님이 꽤 많았다. 비싸기만 하고 맛도 그저 그런 수제 버거를 왜 저렇게들 먹으려는 건지. 점원은 이번엔 행주를 가져와 식탁 위를 닦기 시작했다. 말만 안 했지, 그만 나가 달라는 뜻이었다. 난 쫓겨나듯 가게에서 나왔다.

오후가 되자 명동 거리에 사람이 많아졌다. 주말만큼은 아니지만 썰렁했던 아침과는 확실히 달랐다. 일본과 중국 관광객들도 눈에 띄었다.

길거리에 즐비한 화장품 가게가 눈에 들어왔다.

"구경만 하셔도 선물 드려요. 들어오셔서 구경하세요."

내가 화장품 가게 앞에 멈춰 서 있는 걸 본 점원이 마스크 팩을 내밀었다. 난 마스크 팩을 받고 가게 안으로 들어갔다.

가게 안을 둘러보는데 점원이 다가와 틴트를 추천해 줬다.

"요즘 인기 있는 제품이에요. 장미꽃 추출물로 만들어서 발색이 아주 좋아요. 한번 발라 보세요."

점원이 테스트용을 건넸지만 나는 괜찮다고 손을 내저었다. 지난번에 산 틴트가 아직 그대로 남아 있었다.

중간고사가 끝난 날, 갑자기 중학교 동창인 준영이에게서 연락이 왔었다. 할 말이 있다며 학원 수업이 끝난 뒤 만나자고 했다. 준영이랑은 중학교 때 함께 영자 신문반을 하고 학원에서도 같은 반이어서 꽤 친하게 지냈었다. 하지만 고등학교에 입학하면서 거의 만나지 못하던 참이었다.

내가 준영이를 만난다고 하니 유나와 서연이가 더 난리였다. 둘은 내가 준영이를 좋아한다는 걸 알고 있었다. 유나는 무조건 예쁘게 보여야 한다며 나를 끌고 화장품 가게에 가서 파우더와 틴트를 골라 줬다.

틴트를 너무 덧발랐나? 준영이가 이상하게 생각하면 어떻게 하지? 밤이라 입술이 잘 안 보일 거야. 그런데 준영이는 이 밤에 왜 나를 만나자고 하는 거지?

별별 생각을 다 하며 준영이를 기다렸다.

잠시 후 준영이가 도착했다. 준영이는 나를 보자마자 대뜸 "야, 소은수 너희 반이라며?" 하고 물었다. 준영이는 내게 소은수와 친하냐며, 한눈에 반했다고 소은수를 소개해 달라고 했다. 난 "네가 잘 모르는 것 같은데 걔 날라리야."라고 알려 주었다. 그 말을 들으면 준영이가 당장이라도 소은수에 대한 관심을 끌 줄 알았다. 하지만 준영이는 상관없다며, 나 같은 범생이보다 조금 놀 줄 아는 여자가 더 매력적이라고 했다. 소은수와 나를 비교하며 둘이 이름은 비슷한데 어쩌면 그리 다를 수 있느냐는 말까지 했다. 간신히 기분이 나쁜 걸 참고 있는데 헤어지기 직전 준영이는 결정적인 한마디를 했다.

"근데 너 입술이 왜 그렇게 빨갛냐? 꼭 쥐 잡아먹은 거 같아."

난 준영이에게 소은수를 소개해 주고 싶지 않았다. 하지만 준영이는 매일같이 나를 졸랐고, 결국 어쩔 수 없이 둘을 만나게 해 주었다.

준영이와 소은수가 소개팅을 했던 주말, 난 장염에 걸려 응급실에 갔다. 그다음 주 월요일, 병원에서 학교를 하루 쉬라고 했지만 그럴 수 없었다. 아픈 배를 움켜잡고 교실에 앉아 있는데, 소은수가 지나가는 게 보였다.

"저기, 소개팅은 잘 했어?"

난 간신히 말을 쥐어 짜낸 뒤 소은수의 대답을 기다렸다.

"별로."

소은수의 말에 아픈 배가 잠깐 낫는 착각이 들었다.

"준영이 같은 범생이는 내 스타일이 아니야. 지루하고, 답답하고. 싫다는데도 자꾸 연락해서 미치겠어. 근데 이런 거, 재밌니?"

소은수는 내 책상 위에 놓인 수학 문제집을 시시하다는 듯 한 장 한 장 넘겼다. 30점 맞은 시험지도 아닌데 빽빽한 문제집이 이상하게 창피했다. 당장이라도 문제집을 뺏어 서랍 속에 처박고 싶었다.

"걘 나보다 너랑 더 잘 어울릴 거 같아."

그 말을 하는 소은수의 한쪽 입꼬리가 살짝 올라갔다. 마치 내가 재미없는 수학 문제집이 된 것 같았다.

점원이 또다시 내게 틴트를 권했다.

"손님, 이거 광고 상품이에요. 가수 테라가 사용해요. 한번 써 보세요."

"됐다니까요."

난 점원에게 화를 내며 가게에서 나왔다.

명동역부터 을지로역까지, 다시 을지로역에서 명동 성당까지 이리저리 걸었다. 두 시간 이상을 쉬지 않고 걸었더니 명동 거리가 눈에 익었다. 명동은 생각만큼 크지 않았다. 지난번 친구들과 함께 왔을 때는 길을 잃을까 봐 셋이 꼭 붙어 걸었었는데.

너무 많이 돌아다녔는지 다리가 아팠다. 명동 성당에서 내려오는 길에 아이스크림 가게가 있었다.

가게로 들어가 민트 초코칩 콘을 샀다.

창가 쪽에 앉아 지나가는 사람들을 구경했다. 하교 시간이 되어서인지, 교복을 입은 아이들이 눈에 띄었다. 이 근처 학교에 다니는 아이들인 듯했다.

우리 학교는 여름방학을 앞두고도 저녁 보충수업과 자율학습을 모두 다 한다. 아이들은 시험이 끝났으니 자율학습이라도 안 하면 안 되냐고 했지만, 선생님들은 수능 끝날 때까지 기대도 하지 말라고 했다. 선생님들도 참 치사하다. 아직 이 년도 더 남은 수능 이야기를 하면서 우리의 기를 죽이다니.

지금 학교에서는 6교시 수업 중일 거다. 오늘 6교시는 영어인데 아이들 꽤나 졸겠다. 영어 선생님은 이십 대 중반의 여자로, 올해 처음 발령을 받은 초임 선생님이다. 목소리가 너무 작고 카리스마가 없어서 아이들이 수업 시간에 자거나 딴짓을 해도 혼내지 못한다. 영어 시간에 졸지 않는 아이는 손에 꼽을 정도다.

하품이 나왔다. 아직 오후 3시 30분밖에 안 됐는데. 하루가 너무 길게 느껴졌다. 어쩐지 학교에서보다 시간이 더 느리게 가는 것 같았다.

주머니에서 휴대전화를 꺼냈다. 전원을 켜 볼까? 내가 사라진 사이, 어떤 일이 벌어졌을지 궁금했다. 전원 버튼을 꾹 눌렀다.

액정에 안테나가 뜨며 사용 가능 상태가 되었다.

어, 이게 뭐지? 부재 중 전화도, 메시지도 없다. 혹시 전화가 고장 난 건가?

서둘러 아이스크림 가게에서 나왔다. 공중전화를 찾는데, 근처에 공중전화가 보이지 않았다. 한참을 헤맸지만 어디에도 없었다. 아까 본 관광 안내소가 기억났다. 난 휴대전화 전원을 끈 후 관광 안내소로 들어갔다.

"제가 전화기를 잃어버려서 그러는데 전화 한 통 쓸 수 있을까요?"

안내소 직원이 내게 사무실 전화를 쓰게 해 주었다. 꾹꾹 번호를 눌렀다. 전화기가 꺼져 있다는 안내 메시지가 나왔다. 관광 안내소에서 나와 즉시 전원을 켰다. 부재 중 전화가 떴다. 휴대전화는 고장 난 게 아니었다.

아무도, 모른다. 내가 학교를 결석한 걸 아무도 알아차리지 못한다.

엄마한테 왜 연락이 없지? 혹시 담임이 내가 결석한 걸 모르고 있나? 유나와 서연이는? 무슨 일인지 걱정도 안 되나?

저 아래서 울컥하고 뭔가가 올라왔다. 이게 아니다. 내가 기대했던 건, 이게 아니다.

거리에 주저앉아 있는데 지나가던 아줌마가 무슨 일이냐고 물었다.

"학생, 괜찮아요?"

나는 벌떡 일어서서 뛰었다. 어디를 가는지 모르지만, 어디로 가야 할지도 모르지만, 그냥 무작정 뛰었다. 머릿속에 여러 가지 생각들이 한꺼번에 차올라 머리가 터질 것만 같았다. 꽃바구니 사건보다 더 어이가 없고 화가 났다.

지난주 금요일, 점심시간에 우리 교실로 꽃바구니가 배달되었다. 배달부 아저씨는 '서은수 학생'을 찾았다. 보낸 사람은 바로 문준영이었다.

"뭐야? 너 남친 있었어?"

"대박! 꽃바구니 완전 크다!"

반 아이들이 내 주위로 몰려들었다. 유나와 서연이는 내 귀에 대고 언제 우리 둘이 그렇게 된 거냐고 물었다.

소은수에게 차인 뒤, 준영이는 내게 자주 연락을 했다. 소은수와 겨우 한 번 만났을 뿐인데 준영이는 많이 힘들어했고, 나는 그런 준영이를 위로해 주었다.

그날 난 도저히 수업에 집중할 수 없었다. 전날 밤에도 준영이와 통화를 했는데 전혀 티를 내지 않았었다. 당장 준영이에게 연락을 하고 싶었지만 이따 얼굴을 보며 고맙다고 말하고 싶어서 꾹 참았다.

청소 시간이 끝난 뒤, 자리에 앉아 아이들과 떠들고 있는데 소은수가 다가왔다.

"저기, 이거 내 거야."

"어?"

"준영이가 나한테 보낸 거야. 방금 꽃바구니 잘 받았냐고 연락 왔어."

주위 아이들이 웅성거리기 시작했다.

"여기 카드에 적힌 거 안 보여? 받는 사람 서은수라고 나와 있잖아."

유나가 나서서 따졌다. 소은수는 내게 휴대전화를 내밀었다. 소은수와 준영이가 주고받은 메시지가 죽 떴다.

—은수야, 내 서프라이즈 잘 받았니? ^^

—무슨 서프라이즈?

—꽃바구니 ^^

—무슨 꽃바구니? 아, 아까 서은수한테 뭐 온 거 같던데. 그거 네가 보낸 거야?

—서은수한테? 아닌데. 나 너한테 보냈는데. 잠시만.

난 천천히 휴대전화 화면을 내렸다. 준영이가 전화로 주문을 했는데 상담원이 이름을 잘못 알아들은 듯했다.

"사람 참 귀찮게 한단 말이야. 이런다고 내가 좋아할 줄 아나."

내가 휴대전화를 책상 위에 내려놓으니, 소은수가 얼른 제 휴대전화를 주머니에 넣었다.

"이것도 가져가도 되지?"

소은수가 꽃바구니를 가리키며 물었다. 내가 응, 이라고 대답을 했는지, 고개를 끄덕였는지 잘 기억이 나지 않는다. 하지만 한 가지는 정확하게 기억난다. 소은수가 말을 할 때 한쪽 입꼬리가 올라갔다. 또 나를 비웃고 있었다. 너 같은 게 이런 걸 받을 리 없잖아, 라는 생각이 투명하리만치 잘 보였다.

명동에서 나와 한참을 걷다가 집 쪽으로 가는 버스를 탔다. 집 앞 버스 정류장에서 내렸다. 학교가 보였다. 집으로 가기 위해서는 학교를 지나가야 한다.

학교 중문 앞을 걸어가는데 맛있는 냄새가 풍겼다. 중문 근처에 급식실이 있어 식사 시간이 되면 학교 밖까지 음식 냄새가 났다. 이제 오 분 뒤면 저녁 급식 시간이다. 오늘 저녁 반찬은 카레인가?

음식 냄새를 맡아서 그런지 갑자기 허기가 몰려왔다. 위가 텅텅 빈 기분이다. 지갑 속엔 천 원짜리 지폐 한 장과 백 원짜리 동전 세 개가 전부였다. 이 돈으로 사 먹을 수 있는 건 기껏해야 편의점 삼각김밥이다. 집에 돌아가더라도 엄마가 퇴근 전이라 저녁 반찬으로 먹을 게 없었다.

급식실에서 밥만 살짝 먹고 나올까?

근처 공중 화장실로 들어가 교복으로 갈아입었다. 오늘 산 옷은 가방에 쑤셔 넣었다.

혹시나 퇴근하는 선생님들과 마주치면 어쩌나 걱정했는데, 다행히 중문으로 나오는 선생님은 없었다. 저녁시간 종이 울리고 아이들이 몰려나왔다. 나도 아이들 틈에 끼어 급식소로 들어갔다. 식판에 밥과 카레, 김치를 받아 돌아서는데 누군가 내 이름을 불렀다.

"야! 서은수!"

유나와 서연이였다. 반가운 마음과 동시에 서운한 생각이 들었다. 유나와 서연이를 모른 척하고 빈자리를 찾았지만 앉을 만한 곳이 없었다.

"서뽕!"

유나가 다시 나를 불렀다. 서뽕은 내 별명이다. 학기 초 자율학습 시간에 방귀를 참는다는 게 참지 못하고 '뽀옹' 하고 소리를 내어 뀌어 버렸다. 그 뒤로 유나가 나를 서뽕이라고 불렀다. 별명이 붙은 사연은 그리 아름답지 않지만 나름 '뽕'이라는 발음이 귀여워 서뽕이라고 부를 수 있도록 허락했다. 서방구보다야 서뽕이 훨씬 나으니까.

나는 식판을 들고 둘이 있는 쪽으로 갔다.

"이뚱, 밥을 또 왜 그렇게 많이 가져왔냐?"

난 유나의 식판을 보고 한마디 했다. 유나의 별명은 이뚱이다. 이유나가 뚱뚱하기 때문이다. 그리고 서연이의 별명은 김틱이다. 자주 틱틱거리니까.

"너, 학교 왜 왔어?"

나는 아무런 대답도 하지 못했다. 나도 모르겠다. 왜 학교를 왔는지.

"병원 갔다가 온 거야?"

"감기는 다 나았어?"

무슨 말을 하는 거지?

둘은 내가 아파서 결석한 것으로 알고 있었다. 담임이 아침 조회 시간에 그렇게 말했다는 거다.

"오늘 같은 날은 좀 쉬지. 하여간 서뽕, 이 왕범생이는 어쩔 수 없다니까."

도대체 어떻게 된 일인지 모르겠다. 어찌 됐든 아이들이 내가 학교에 결석한 걸 알아채지 못한 게 아니라서 다행이라는 생각이 들었다. 순식간에 유나와 서연이에 대한 원망이 사라졌다.

"서뽕, 오늘 학교에서 무슨 일 있었는지 알아? 영어 시간에 애들이 다 자서 영어 완전 열받았잖아. 갑자기 우리한테 책상 위로 올라가라는 거야."

"그래서?"

"삼십 분 내내 책상 위에 무릎 꿇고 앉아 있었다니까? 영어한테 무슨 일 있는 게 분명해."

"애인이랑 헤어졌느니 어쩌느니 옆 반 애들이 그러더라고."

"정말?"

"응. 영어 2반 담임이잖아. 2반 애들이 그러는데 지난주부터 영어 기분 완전 별로였대. 짜증 나, 정말. 왜 우리 반한테 화풀이야? 자기 반 가서 하지."

서연이가 틱틱거렸다. 화가 난 영어 선생님의 모습이 상상이 되지 않았다.

유나와 서연이는 영어 시간에 있었던 일 말고, 다른 이야기도 해 주었다. 여름방학 국어 보충수업을 학생부장 선생님이 맡아 할 것 같다는 것과 점심시간에 무단으로 나간 애들이 걸려 혼났다는 것 등등. 하루 종일 학교에서 참 많은 일들이 있었다.

"야, 그리고 좋은 소식!"

"뭔데?"

"성적 처리하는 컴퓨터 프로그램에 오류가 생겨서 성적표가 며칠 늦게 나올 거래. 그 덕분에 성적 처리 담당인 담임은 완전 정신없어졌지만."

"맞아. 담임 바쁜 틈 타서 야자 째고 가는 애들이 얼마나 많은지 몰라."

"니들은 왜 안 째고 여기 있어?"

"밥 먹고 갈려고."

유나와 서연이가 씩 웃으며 대답했다.

식판에 담아 온 카레밥을 다 먹었지만 아직도 배가 고팠다. 유나 식판에 밥이 조금 남았다.

"이뚱, 너 그거 안 먹을 거야?"

"어. 날이 더워서 그런지 입맛도 없다."

"그럼 내가 먹어도 되지?"

유나의 식판을 내 앞으로 가져와 남은 카레밥을 먹었다.

"너, 아픈 거 맞냐? 뭘 그렇게 허겁지겁 밥을 먹냐?"

"서뽕, 너 그거 먹고 야자 시간에 방귀 뀌기만 해. 카레 냄새로 애들 다 질식할지도 몰라."

"뀔 거다. 뽕뽕뽕!"

나는 마지막 김치 한 조각까지 야무지게 입에 넣었다. 오늘따라 학교 급식이 아주 맛있었다.

엄마는 내가 학교를 결석했다는 사실을 알지 못했다. 여느 날과 다름없이 집으로 돌아온 내게 "학교 잘 갔다 왔어?"라고 물었다. 어떤 연유에선지 내가 아프다고 생각한 담임이 엄마에게 연락을 하지 않은 게 분명했다.

다음 날 0교시 보충수업이 끝난 후, 주번인 서연이를 대신해 출석부를 가지러 교무실로 갔다. 출석부꽂이 옆에 담임의 책상이 있다. 담임이 날 불렀다.

"몸은 좀 괜찮아? 여름 감기가 독하다더라. 엄마가 걱정 많이 하셨어."

내가 "네?"라고 되물었지만, 담임은 "네."라고 대답을 한 걸로 알아들었다. 담임은 자기 할 말만 하고 상대방의 말을 듣지 않는 경향이 있다. 내가 어리둥절한 채 서 있는데 교무실로 들어온 소은수가 내 옆에 섰다.

"그만 가 봐. 몸 안 좋으면 보건실로 가고."

난 담임에게 꾸벅 고개를 숙인 후 출석부꽂이 쪽으로 갔다.

대뜸 담임이 소리를 지르는 게 들렸다.

"너, 어제 왜 결석했어? 자꾸 그렇게 결석할 거야? 너 이번 학기에 결석만 벌써 열흘째야, 열흘!"

"어젠 아파서 결석했는데요."

"너만 아파? 우리 반 애들도 다 아프다고. 너 그딴 식으로 살아서 어쩔 건데? 내가 너 같은 애들 한두 명 본 게 아니야. 걔네들 지금 어떻게 살고 있을 거 같니?"

뭔가 이상하다. 내가 이제까지 알고 있던 담임의 얼굴이 아니다. 마음 좋은 아줌마 담임 선생님이 아닌 까칠한 학생부장 같다.

한참 소은수를 혼내던 담임은 바쁜지 시선을 책상 위로 돌렸다.

"됐어. 그만 가 봐. 앞으로 똑바로 행동해!"

"어젠 정말 아팠어요. 그래서 엄마가 전화도 드렸고. 왜 제 말을 안 믿어 주시는 거예요."

담임은 소은수의 말을 들은 척도 안 했다. 순간 내 머릿속에서 퍼즐이 맞춰졌다. 소은수가 거짓말하는 게 아니라면, 어제 담임에게 전화를 건 사람은 우리 엄마가 아닌 '소은수네 엄마'다. 정신없는 담임은 소은수를 서은수로 들었을 거고, 그래서 나는 무단결석이 아닌 병가가 된 거다.

담임 옆에 서 있는 소은수는 당장이라도 울 것 같았다. 소은수가 무척 억울하다는 듯 "선생님." 하고 몇 번을 불렀지만 담임은 쳐다보지 않았다. 마치 소은수가 투명인간이라도 되는 듯, 옆자리에 있는 선생님들도 소은수를 신경 쓰지 않았다. 소은수를 보고 있는 건 나밖에 없었다. 소은수와 내가 서 있는 거리는 그리 멀지 않아 소은수의 표정이 잘 보였다.

"정말이에요, 선생님."

소은수의 입꼬리가 씰룩였다. 그때 나는 한 가지 사실을 깨닫게 됐다. 말을 할 때 한쪽 입꼬리를 올리는 건, 소은수 특유의 버릇이었다.

방 미 진…연꽃 소녀

손이 자꾸만 얼굴로 향했다. 거슬거슬한 코끝이 만져졌다. 긴팔 긴 바지를 입어 몸은 괜찮지만, 가릴 수 없는 얼굴이 신경 쓰여 견딜 수가 없었다.

아직 봄인데, 왜 이렇게 더운 거야.

얼굴이 끈적끈적했다. 화장이 벗어지고 뭉쳐 더욱 도드라져 있을 것만 같다. 끔찍하다.

징그러워. 징그러워 보일 거야. 바늘로 뚫어 놓은 것 같은 내 모공들이.

앞쪽에 모여 있는 남자애들이 자꾸만 이쪽을 힐끗댔다. 방정맞게 웃고 떠들면서 슬쩍슬쩍 자꾸만 훔쳐본다. 떠난다는 기분에 들떠서 부러 더 난리다. 겨우 수련회 가면서 요란은. 빨리 버스나 타고 떠났으면 좋겠다. 다들 의자에 박혀 잠이나 잤으면. 이렇게 어수선하게 서 있는 게 짜증스러워 죽을 지경이다.

물론, 남자애들이 나를 보려고 힐끗대는 건 아닐 테지만. 그냥 걔네들한테 보이는 것 자체가 싫다.

"아 짜증 나."

앞머리를 만지작대며 끌어 내리고 있는데, 눈이 마주쳤다. 누런 얼굴, 대오다. 아, 보지 말라고. 짜증 나는 새끼야.

"뭘 봐. 짜증 나게."

내가 한 말이 아니다. 옆에 서 있는 보민이다. 보민이는 연신 앞머리를 쓸어내리며 남자애들 쪽을 노려봤다. 물론 나에게만 들릴 정도의 중얼거림이었다.

"왜 저래?"

나도 동조하듯 중얼거렸다.

"짜증 나게."

그때부터 보민이와 나는 이런저런 얘기를 주고받았고, 자연스럽게 버스에서도 옆자리에 앉았다.

사실, 계산이 없었던 건 아니다.

2박 3일간의 수련회. 보민이는 같은 방을 배정받은 애들 중 하나였다.

번호순으로 방을 나누는 바람에, 친한 애들과 갈리고 말았다. 수련회 특성상 방별로 움직일 게 뻔한데, 같은 방에 친한 애가 없으면 낭패다. '왕따 체험 수련회'가 되지 않으려면, 얼른 누군가를 사귀어 두어야 안전하다.

하지만 버스에 나란히 앉자, 어색해졌다. 평소에 어울리질 않으니 할 얘기가 없었다.

얘는 왜 이렇게 재미없어. 아, 몰라. 별게 다 짜증 나네.

한숨을 쉬며 가방에서 화장품을 꺼냈다. 의자 등받이 뒤에 숨어 화장을 덧칠하는데 보민이가 물었다.

"그거 좋지?"

"이거? 별로야. 금방 지워져. 아, 짜증 나."

나는 얼굴을 두드리며, 목소리를 낮췄다.

"나 너무 티 나지?"

"뭐가? 화장한 거?"

"아니. 모공."

"야, 나도 장난 아니야."

보민이의 말투가 갑자기 살가워졌다. 진실 게임을 한 뒤 생겨나는 친밀한 분위기 같은 것이, 금세 우리를 둘러쌌다. 누군가와 쉽고 빠르게 친해지고 싶다면, 상대에게 자신의 치부를 드러내면 된다. 나는 먼저 약점을 드러냈다.

"이것 봐. 팔도 장난 아니야."

나는 팔까지 걷어 가며, 숨기고 싶어 안달하던 것들을 보여 줬다. 물컹한 살 위로 피지 때문에 불긋하게 돋은 땀구멍들이 빼끔빼끔 모습을 드러냈다.

"완전 연꽃 소녀라니까."

그 말에 보민이가 코웃음을 쳤다. 그리고 나는 기분이 상해 버렸다.

갖다 댈 걸 대야지. 징그러운 구멍만 있으면 연꽃 소녀야? 얼굴도 예뻐야 연꽃 소녀지. 못생긴 주제에.

보민이의 코웃음에 담긴 의미들이 적나라하게 다가왔다. 하지만 보민이는 눈치 없이 말했다.

"야, 재 정도는 돼야 연꽃 소녀지."

보민이가 턱짓으로 세라를 가리켰다. 세라는 새침한 얼굴로 휴대전화를 들여다보고 있었다. 새하얀 얼굴에 웨이브 진 새까만 단발머리, 가늘면서도 선명한 눈썹과 또렷한 눈동자. 백지에 잉크로 그린 인물화처럼 청결한 인상을 풍긴다.

평소 세라를 싫어한 건 아니었다. 하지만 상한 기분은 애꿎은 세라에게 화살을 돌렸다.

"아, 따개비."

보민이는 그 말에 키득대며 웃었다.

"야, 딱이다. 따개비. 따개비 소녀."

세라는 따개비처럼 볼록한 점이 팔과 다리에 드문드문 있었다. 피부가 유난히 하얘서 눈에 잘 띄기는 했지만, 쌀알만 한 점들이라 거슬리는 정도는 아니었다.

"옛날옛날에 따개비 소녀가 살았어."

"그 소녀는 몸에 따개비가 따닥, 따닥?"

입을 놀릴 거리를 찾은 우리는, 신 나게 이야기를 지어 냈다.

"새벽 2시 모두가 잠든 밤에, 불도 켜지 않은 방, 구석에 앉아……."

"구석에 앉아서?"

내 장난에 맞장구를 치던 보민이가 눈을 빛내며 다음 이야기를 기다리고 있었다. 순간, 정말 여자애가 등을 돌리고 앉아 있는 이미지가 드러나듯 떠올랐다. 뭘 하고 있는 걸까? 보시락보시락 소리를 내면서 뭔가를 하고 있다. 어둠 속 창백하게 떠오른 팔이 미세하게 움직인다.

"얘, 너 뭐 하니? 그 소리에 소녀가 천천히 몸을 틀어. 뒤를, 돌아봐."

"아 씨. 갑자기 소름 끼쳐."

괜히 으스스해진 우리는 또 낄낄대며 웃었다. 그러다 따개비, 아니 세라와 눈이 마주쳤다. 세라가 나를 노려보고 있었다. 들었나? 흥분해서 목소리가 커졌나 보다.

뭘 째려봐. 뭐 어쨌다고.

나는 괜히 발끈해서 같이 째려보고는 무시해 버렸다. 조금 찔리긴 했지만, 딱히 잘못한 것도 없었다. 그냥 '따개비 소녀'란 말에 맞춰 얘기를 지어냈을 뿐이니까.

그런데, 참 희한하게도 세라를 노려본 이후로 나는 정말, 세라가 미워져 버렸다. 이상한 말이지만 싫어해서 노려본 게 아니라, 노려봐서 싫어하게 된 것이다. 쟤는 내가 자기를 싫어한다고 생각하겠지? 그렇다면 진짜 싫어해야지, 하고 결심이라도 한 듯이 말이다.

수련회는 첫날부터 빡빡하기 이를 데 없었다. 수련장 조교들은 기선 제압을 할 속셈인지 잠시 노닥거릴 틈도 없이 아이들을 굴렸다. 남자애들은 지옥 훈련이라며 죽는 시늉을 했고, 여자애들은 필사적으로 앞머리를 사수하느라 엄살 떨 정신도 없었다. 누군가를 지적할 정신은 남아 있었지만.

"야, 너 미친 거 아냐? 땀 봐."

몇몇 여자애들이 내 옷차림을 참견했다.

"으, 보기만 해도 더워."

역겹다는 듯이 얼굴까지 찡그리면서.

징그러운 팔다리를 가리려다 땀으로 범벅된 추한 몰골이 되고 말았다. 이럴 바엔 차라리 시원한 쪽이 낫겠다.

"야, 안 그래도 더워 죽겠거든!"

버럭 짜증을 내고 시선을 돌리는데, 긴 바지를 입은 세라가 보였다. 이쪽을 보고 있던 세라는 얼른 시선을 피했다.

뭘 구경하고 있어? 너도 만만치 않게 더워 보이거든. 짜증 나게.

방에 돌아와서는 다들 씻는다고 부산스럽게 움직였다. 나 역시 평소보다 더 깔끔을 떨어 댔다. 대충 정리가 끝나고 어색한 공기가 감돌려는 찰나, 다행스럽게도 호령 소리가 나서 다들 잠자리에 누워야만 했다. 하지만 불을 끄고 누워도 어색한 공기는 좀처럼 가시지 않았다. 그때 불쑥, 보민이가 물었다.

"돌아본 뒤에 어떻게 됐어?"

"뭐가?"

"아까, 차에서 하던 얘기 말이야."

어떻게 되긴 뭐가 어떻게 돼. 그냥 즉흥적으로 지어내다 만 이야기인데. 뻔히 알면서 왜 묻는 거야? 짜증 나게.

하지만 이미 따개비 소녀는 다시 내 앞에 나타나 내 쪽으로 몸을 틀고 있었다. 고개를 돌린 소녀는…….

"왜, 뭔데? 뭔데?"

어둠 속에서 아이들이 일어나 앉았다. 다들 그냥 자긴 섭섭했던 거다. 친해질 기회를 노리고 있었던 거겠지. 나는 피식 웃으며 일어나 앉았다. 그리고 따개비 소녀 이야기를 시작했다.

수련회 둘째 날 아침. 다른 방 아이들이 눈을 반짝이며 이야기를 나누고 있었다.

"어젯밤에 그 소리 들었어?"

"무슨 소리?"

"나, 나, 나 들었어."

"그치. 분명히 들렸지?"

"왜, 뭔데?"

"어젯밤에 복도에서 이상한 소리 났잖아. 누가 계속 걸어 다니는 소리."

“누가 화장실 간 거 아냐?”

“아니야. 그런 슬리퍼 끄는 소리가 아니었다니까. 발소리가 마치…… 스치는 것 같다고 해야 하나? 그러다가 갑자기 와다다닥 달려드는 소리가 났다니까. 그치?”

“그러니까. 무서워 죽는 줄 알았어.”

“무슨 일 난 거 아냐?”

“설마. 근데 여기 진짜 이상하지 않냐? 이 섬에 이 건물밖에 없는 건 아니겠지?”

이런 곳에 오면, 아주 사소한 것들도 크게 부풀려져 대단한 이야깃거리가 되곤 한다. 덜 잠근 수도꼭지에서 물 떨어지는 소리가 옛날 옛적 억울하게 죽어 건물 지하에 묻힌 아이를 만들어 내기도 하고, 창문 여는 소리가 비명 대신 유리창을 긁어 대는 귀신을 만들어 내기도 한다.

나는 실실 웃으며 그 애들을 지나쳤다.

그 발소리 사실 나야.

하지만 말하지 않았다. 저 애들이 원하는 건 진실이 아니니까. 그저 낯선 곳이 주는 위험한 분위기를 즐기고 싶은 거다.

그리고, 나도 들었다. 또 다른 발소리. 새벽녘에 복도를 지나가는 발소리.

왜 낯선 곳에 오면 잠이 오지 않는 걸까?

어젯밤 나는 늦게까지 깨어 있었다. 다른 아이들은 고단했는지, 시시하게도 떠들다 말고 잠들어 버렸다. 남자애들이 장난을 치러 오지 않을까 내심 기대했지만, 그쪽도 사정은 마찬가지인 듯 사방이 고요하기만 했다.

이리저리 뒤척이며 하루를 되새겼다. 수련회 첫날, 나쁘지 않았다. 가장 우려했던 '왕따 체험'은 일어나지 않았으니까. 일정이 빡빡해서일까? 감독관들이 지랄맞아서일까? 이기적으로 자기 힘든 것만 생각하는 애들도 있긴 했지만, 뒤처지는 애들을 챙겨 같이 가자는 분위기가 지배적이었다. 아이들은 분위기에 쉽게 휩쓸린다. 다들 묘한 유대감, 공동체 의식에 취해 있었다. 나 역시 몸은 힘들었지만 마음은 여유로웠다. 사실, 어울릴 무리만 있으면, 어디든 편안한 법이다. 외따로 떨어질까 신경을 곤두세우고 있지 않아도 되니까. 대신 나는 다른 곳에 신경을 곤두세우고 있었다.

따개비.

미움도 결국엔 관심이다. 일부러 훔쳐보려 한 것도 아닌데, 모든 신경이 세라를 향하고 있으니 자연스레 어딜 가든 그 애가 보였다. 굳이 시선을 향하고 있지 않을 때도, 세라가 어디 있는지, 뭘 하고 있는지 알 정도였다. 언제나 세라는 내 신경 범위 안에 있었다.

그리고 세라 역시 사람들의 시선에 온통 신경을 곤두세우고 있었다.

연예인병인가?

하지만 그렇다고 하기엔 너무 어두웠다. 그 애는 사람들의 시선을 느끼면 그늘이 지는 것처럼 어두워졌다. 몸을 오그리고 손으로 팔을 가렸다. 팔에 따개비처럼 붙은 점들을.

뭐야? 그깟 점 때문에 저러는 거야?

어이없다 못해 짜증이 났다.

남자애들이 힐끔대니까 지가 아주 대단한 줄 알지. 예쁘면 얼마나 예쁘다고. 사람들이 네 몸에 붙은 점까지 신경 쓸 정도로, 네가 대단한 줄 알아? 이래서 너 같은 애들이 싫은 거야. 손톱만 한 흉을 가지고 세상에서 제일 불행한 얼굴을 하지. 왜? 그것만 없으면 완벽하다고 생각하니까.

고작 점 몇 개 때문에 유난 떠는 게, 아주 대단한 장애라도 가진 듯 구는 게, 한없이 거슬렸다.

아무것도 아니면서 말이다. 나에 비하면 아무것도 아니면서. 습관처럼 손끝이 얼굴에 가 닿는다. 바늘구멍 같은 모공이 만져진다. 추해.

등굣길의 버스 안, 두리번거리던 남학생의 시선이 내 팔에 닿았다. 아주 우연히. 물론, 그런 일은 있을 수 있다. 하지만 중요한 건 그 애가 더러운 걸 봤다는 듯이 얼굴을 찡그렸다는 것이다. 적어도 넌, 누군가 널 보며 얼굴을 찡그리지는 않잖아. 예쁘니까. 그런 게 있어도 예쁘니까.

나는 돌아누우며 반팔 티셔츠 아래 드러난 팔을 쓸어 댔다. 두둘두둘한 촉감이 느껴진다. 너무 추해. 추하다고.

신경 쓰지 말자. 신경 쓰면 점점 많아진단 말이야.

하지만 이 바늘구멍들이 점점 커지고 깊어지는 느낌이 들어 견딜 수가 없다. 이 구멍들이 나를 갉아 먹으며 파고드는 것만 같다. 내 몸속 구석구석으로 길을 만들며 얽히고 설킨다. 나를 엉망으로 만들고 나를 점령한다. 그래서 이 구멍들 외에는, 아무것도 생각할 수 없게 만들어 버린다. 차라리 이 구멍들이 몸속으로 들어가 숨어 버렸으면 좋겠다. 연꽃 소녀처럼.

인터넷에 떠돌아다니는 연꽃 소녀의 합성 사진은 두 가지다. 팔다리에 두드러기처럼 구멍이 난 것과 겉은 멀쩡한데 잘린 손끝 안으로 무수히 많은 구멍이 보이는 사진. 즉, 겉에 구멍이 난 연꽃 소녀와 속에 구멍이 난 연꽃 소녀가 있다. 전자가 더 유명하긴 하지만, '연꽃 소녀'라는 단어 자체가 주는 이미지는 후자에 가깝지 않을까?

무수히 많은 구멍들로 이루어진 몸속. 그게 실제라면 그 아이는 텅 빈 것 같은 기분이 들까? 하지만 모두가 조금씩은 비어 있는 거 아닌가? 구멍 같은 혈관으로 피가 흐르고, 그 피로 인해 살아가고…….

몸에 난 구멍으로 바람이 지난다. 두 명의 여자아이가 웅크리고 앉아 있다. 이윽고 두 소녀가 숙이고 있던 고개를 든다. 둘의 얼굴이…… 같다.

망상에 가까운 생각들로 뒤척이고 있을 때, 복도 너머에서 문 여는 소리가 들려왔다. 삐이이익. 아주 천천히 조심스럽게. 누구도 듣지 못하게.

하지만 사방은 너무 고요했고, 내 신경은 곤두서 있었다. 그리고 발소리가 들렸다. 화장실에 가는 것치고는 지나치게 조심스러운 발소리였다. 은밀하게 느껴질 정도로.

따개비다.

누군가에게 온 신경을 집중하고 있으면, 발소리만 들어도 그 사람인지 알 수 있는 걸까? 그 사람 특유의 기척을 본능적으로 감지하는 걸까?

발소리가 어느 정도 멀어진 뒤에, 나는 조용히 일어났다.

문을 열자 복도 모퉁이를 도는 뒷모습이 보였다. 굵게 컬이 진 새까만 단발머리. 반팔 아래 드러난 유난히 하얀 팔. 세라가 확실했다.

뒤를 밟는 게 아니야. 나도 화장실에 가는 것뿐이야.

나는 천천히 세라의 뒤를 따랐다. 하지만 나는 쉽사리 들어서지 못하고 화장실 문턱에 서 있었다.

왜 밤의 화장실은 불이 환하게 켜져 있어도, 어둡게 느껴지는 걸까? 예고도 없이 모든 불이 꺼져 버리고, 어둠에 갇히게 될 것 같은 기분이 드는 걸까?

화장실 안, 두 줄로 늘어선 문 중 딱 하나가 닫혀 있었다. 그 안에 따개비가 있다.

—돌아본 뒤에 어떻게 됐어?

—뭐가?

—아까, 차에서 하던 얘기 말이야.

머릿속에서 내가 했던 말이 재생된다. 어둠 속에서 여자애가 등을 돌리고 앉아 있는 이미지와 함께. 그와 동시에 내 눈앞의, 환한 화장실 조명 아래 있는 닫힌 문 안에서 소리가 들려왔다. 보시락보시락.

—돌아본 따개비 소녀의 입술은 빨갰어.

미세하게 뭔가를 긁는 소리가 났다. 피부 조직처럼 아주 얇은 막 같은 걸.

—빨간 건 입술만이 아니었어. 몸 여기저기에 빨간 점들이 뚝뚝, 떨어지는 피처럼 붙어 있었어.

보시락보시락…… 도대체 저 안에서 뭘 하고 있는 거야.

—그 애는 매일 밤…… 자기 몸에 붙은 따개비를 따 먹고 있었던 거야. 그러지 않으면…… 다 파 먹혀 버리고 말 테니까. 따개비들이 온통 구멍을 만들며 몸속으로 기어 들어갈 테니까. 텅 비게 만들어 버릴 테니까.

보시락 소리가 뚝 끊겼다.

—얘, 너 뭐 하니? 그 소리에 소녀가 천천히 몸을 틀어. 뒤를, 돌아봐.

나는 돌아서서 왔던 길을 내달렸다. 어둑한 복도를 지나 방에 다다를 때까지 뒤돌아보지 않았다. 세라에게 내 발소리가 들리는 것도 상관없었다.

내가 지어낸 얘기일 뿐이야.

방에 들어와 눕자, 겨우 진정이 됐다.

따지고 보면 무서운 얘기도 아니잖아.

조금 지나자 아무렇지 않아졌다. 왜 그렇게까지 겁에 질렸는지 이해할 수 없을 정도로.

괜히 오줌도 못 누고 왔네. 아, 오줌 마려워.

하지만 다시 가 볼 엄두는 나지 않았다.

그냥…… 자자.

여전히, 세라는 아이들의 시선을 의식하며 팔을 쓸어 대고 있었다. 반바지 아래 드러난 다리는 추위에 떠는 것처럼 움츠러들어 있었다. 이렇게 더운 날씨에.

나는 변덕이 심한 인간인지, 어제의 짜증은 온데간데없고 세라가 딱하다는 생각이 들었다. 저렇게 예쁘면서 그깟 점 몇 개 가지고, 참.

그때 단어 하나가 내 머릿속을 스쳤다.

따개비.

설마 혹시…… 아니겠지? 아닐 거야. 내가 지어낸 이야기 때문은…….

근데 내가 뭘? 따개비가 어때서. 그 정돈 아무것도 아니잖아. 멍게라고 놀림받는 애도 있는 마당에 말이야.

하지만 찜찜한 마음은 좀처럼 떨쳐지지 않았다.

기합을 받느라 팔을 머리 위로 올릴 때였다.

"어!"

나도 모르게 입 밖으로 소리가 터져 나왔다. 세라가 나를 돌아봤다. 나는 시선도 피하지 못한 채 숨을 죽였다. 등줄기의 땀이 순식간에 식었다.

없다.

점이 없었다. 팔꿈치 아래 조르륵 붙어 있던 세 개의 점이 없었다.

—그 애는 매일 밤…… 자기 몸에 붙은 딱개비를 따 먹고 있었던 거야.

나는 고개를 저었다. 내가 위치를 혼동한 거야. 봐, 다른 곳엔 점이 있잖아. 팔꿈치 위에도. 손목에……도? 어? 이상하다. 저기 점은 어젠 못 봤던 것 같은데.

—하지만 딱개비는 계속해서 생겨나. 몸속에 숨어 있는 딱개비 씨들이 밤새 자라 피부를 뚫고 올라오지. 하나 둘, 하나 둘. 그래서 딱개비 소녀는 쉴 수 없어. 단 하루도 쉴 수 없어. 다다다다다닥. 딱개비로 뒤덮이고 말 테니까.

딱개비 소녀 같은 게 실제로 있을 리 없잖아. 내가 지어낸 얘긴데. 남의 점 따위, 무슨 상관이야. 하지만 나는 세라만큼이나, 세라의 점에 온 신경을 곤두세우고 있었다. 내 모공 따위는 잊은 지 오래였다.

"따개비 소녀 얘기 또 해 봐!"

보민이가 눈치 없이 말했다. 1층 큰 방에 여자애들만 모여 수다를 떨고 있을 때였다.

"됐어."

나는 보민이를 찌르며 눈치를 줬다. 하지만 이미 아이들은 눈을 빛내며 나를 주목하고 있었다. 마지막 밤. 그냥 자기는 아쉬워 선생님을 졸라 다 같이 모여 앉긴 했지만 딱히 할 건 없는, 이것도 저것도 죄다 어정쩡한 그런 밤이었다.

내가 뒤로 몸을 빼자, 보민이가 나섰다.

"내가 대신 해도 되지? 있잖아, 어떤 여자애가 있었대. 그런데 별명이 따개비……."

눈을 돌리지 않아도 세라의 얼굴이 굳는 게 느껴졌다. 나는 일부러 세라 쪽은 보지 않았다. 이야기에도 흥미가 없는 듯 딴짓만 했다.

얼마나 시간이 지났을까? 아이들은 이제 다른 무서운 이야기를 하고 있었다. 나는 무심결인 척 고개를 돌렸다. 세라가 없었다.

어딜 간 거지? 전혀 느끼지 못했는데.

"참, 얘가 자기 연꽃 소녀라고. 완전 웃겨."

이야깃거리가 궁했는지, 보민이가 나를 건드렸다.

"연꽃 소녀? 그게 뭔데? 만화야? 게임 캐릭터야?"

"아, 연꽃 소녀!"

몇몇 애들이 아는 척을 하며 소란을 떨었다.

"나 알아. 예쁘장한 여자애가 팔이랑 다리에 구멍 잔뜩 있는 거지?"

예쁘장한 여자애. 그렇다. 누구나 자연스레 예쁜 여자애일 거라고 상상하는 것이다. 연꽃 소녀는 얼굴을 가리고 있는데도.

"근데 얘가 왜 연꽃 소녀야?"

당황해 얼굴이 붉어졌다. 보민이가 무신경하게 입을 열었다.

"아, 얘 얼굴에 모공이 커서."

확. 아이들의 시선이 일제히 내 얼굴로 몰렸다. 얼굴이 터질 것처럼 뜨거워졌다.

"팔도 장난 아니야."

보민이가 내 팔을 자기 팔인 양 걷어 올리려 했다. 나는 보민이의 손을 쳐 내고 노려봤다.

"야! 넌 누가 네 얼굴 가지고 뭐라 그러면 좋냐? 진짜 짜증 나게."

"아니, 나는…… 네가 그렇게 말했잖아. 연꽃 소녀라고."

내가 그렇게 말했다고 해서 네가 떠들고 다녀도 되는 건 아니지.

보민이가 내 치부를 말하는 순간, 나는 살의에 가까운 감정을 느꼈다.

"됐고. 네 얼굴이나 갖고 떠들라고. 남 얘기 하지 말고. 아 짜증 나."

내 말에 보민이가 울음을 터뜨렸다.

왜 우는 거지? 내가 뭘 어쨌다고.

보민이가 울자, 몇몇이 보민이 편을 들고 나섰다.

"뭘 그렇게 화내? 별것도 아닌 거 가지고."

"그래. 심하지도 않으면서."

짜증으로 폭발해 버릴 것 같아 문을 닫고 나와 버렸다.

별것도 아니야? 심하지 않아?

나를 훑어보는 시선들을 찢어 버리고 싶다.

화장실로 들어가 웅크리고 앉아 분을 가라앉히고 있자니, 선생님들이 돌아다니며 소등하는 소리가 들려왔다. 꺅꺅 비명을 질러 대는 요란한 소리가 들려오나 싶더니, 일순간에 잠잠해졌다. 방정맞은 웃음소리도, 조잘대는 말소리도, 물 쓰는 소리도, 누군가 걸어 다니는 소리도 들리지 않았다.

갑자기 목덜미가 선뜩해졌다.

— 왜 밤의 화장실은 불이 환하게 켜져 있어도, 어둡게 느껴지는 걸까?

무릎에 파묻고 있던 고개를 들었다. 변기 위에 웅크리고 있던 다리를 펴 바닥을 내디뎠다. 구부리고 있었던 탓인지 발에 닿는

감각이 낯설었다.

문을 열자, 텅 빈 화장실이 보였다. 화장실 입구 너머로 복도가 이어져 있다.

—예고도 없이 모든 불이 꺼져 버리고…….

복도로 나와 섰다. 복도 중간께에 단단히 닫힌 문이 보였다. 아까 내가 닫고 나온 문이었다.

들어가 볼까?

하지만 그러고 싶지 않았다.

다들 자기 방으로 갔겠지.

나는 침을 꿀꺽 삼키고 위층으로 향했다. 한 칸 한 칸 계단을 올랐다.

어두워.

계단에도 복도에도 불이 흐렸다.

—어둠에 갇히게 될 것 같은 기분…….

어둡다는 느낌은 점점 강하게 나를 죄어 왔고, 걸음은 점점 더 빨라졌다.

"하아."

겨우 방에 도착했지만, 아무도 없었다. 혼자 빈 방에서 잘 용기는 없었다. 나는 다시 복도로 나와 섰다.

왜 이렇게 고요하지? 무서워.

2층 전체가 텅 빈 것 같았다. 분명 2층 다른 방에는 아이들이 있을 텐데, 사람의 기척이라곤 없다. 지금 몇 시쯤 되었을까? 1시, 2시?

아래층에 내려가서 잘까? 하지만…….

보민이의 얼굴이 떠올랐다. 그리고 나를, 내 모공을 들여다보던 아이들의 내리깐 시선들이. 별것도 아닌 걸 가지고 유난 떤다면서 속으론 징그럽다고 낄낄댔겠지. 연꽃 소녀? 주제에 그럴듯한 걸 갖다 붙이고 있다며 비웃었겠지.

그때, 맞은편 방문이 눈에 들어왔다. 우리 반 다른 조 여자애들이 쓰는 방이었다.

아까 위로 올라온 애들이 있지 않을까? 그래, 저 방에 애들이 있을지도 몰라.

나는 조심스럽게 방문을 열었다. 아주 천천히, 조용히. 아이들이 잠들어 있을지도 모르니까.

어두운 방 안 구석에 따개비 소녀가 있었다.

따개비 소녀는 등을 보이며 웅크리고 앉아 있었다. 어둠 속 희미하게 빛나는 창백한 팔. 그 팔 끝에 달린 손이 미세하게 움직였다. 반짝. 손끝에 가늘고 긴 뭔가가 금속성의 빛을 냈다.

바늘이다.

보시락보시락…….

바늘 끝이 다리에 있는 따개비를 긁어내고 있었다. 바늘로 울퉁불퉁한 점을 파고 있는 소녀.

보시락보시락…….

따개비 소녀는 바늘로, 점을 감싸고 있는 얇은 피부막을 뜯어내듯 긁고 있었다. 툭. 뜯어진 막 사이로 꿈틀거리는 것이 기어나왔다.

털?

따개비 소녀가 점을 팔 때마다 점 안에서 시커먼 털들이 구불구불 기어 나왔다. 따개비 소녀의 몸에 붙은 따개비는, 작은 털 무덤들이었다. 피부를 뚫고 나오지 못한 털들이 얇은 막 안에서 똬리를 틀고 자라나 점처럼 불룩 솟은 것이었다.

보시락. 움직임이 멈췄다.

—얘, 너 뭐 하니? 그 소리에 소녀가 천천히 몸을 틀어. 뒤를, 돌아봐.

따개비 소녀가 천천히 몸을 틀어, 뒤를 돌아봤다. 세라였다.

눈이 마주쳤다.

세라는 조용히 일어나 나에게 걸어왔다. 어둠 속에서 하얀 얼굴이 둥둥 떠오듯 나에게 다가왔다.

— 예고도 없이 모든 불이 꺼지고,

어둠 속에 갇힌 것처럼 온몸이 굳어 버렸다.

세라가 입을 열었다.

"봤어?"

그 순간, 다다다다다닥. 따개비 같은 점들이 세라의 온몸을 뒤덮었다. 시커먼 점들 사이로 나를 노려보는 세라의 눈이 번득였다. 주먹 안에 말아 쥔 바늘 끝이, 빛을 냈다. 나를 온통 바늘구멍으로 뒤덮이게 해 주겠다는 듯이.

딱딱하게 굳은 얼굴 근육이 어색하게 움직였다.

"아니."

따닥. 따닥. 세라의 몸에 붙은 따개비들이 흔들렸다.

"전혀. 아무것도."

그러니까 아무한테도 말 안 할 거야, 나는.

세라가 안도의 한숨을 내쉬는 순간, 따다다다닥 따개비들이 일시에 떨어져 내렸다.

내 말이 사실이 아니라는 걸 세라도 알고, 나도 안다. 하지만 진실은, 중요한 게 아니다.

하얀 얼굴의 세라가 환하게 웃었다. 연꽃 소녀처럼 예쁘게.

"근데…… 왜 왔어?"

네 방도 아니잖아. 나를 훔쳐보러 왔지?

나는 삐걱삐걱, 고개를 흔들었다.

"너 데리러."

세라의 의심스러운 눈길을 피하며 말을 이었다.

"여자애들 다 같이 자기로 했어. 1층에서."

우리는 함께 1층으로 향했다. 희미한 계단을 내려갈 때였다.

"너 아까 따개비……."

내 얘기야?

세라의 무표정한 얼굴이 묻고 있었다.

나는 얼른 선수를 쳤다. 세라가 온통 점으로 뒤덮이기 전에.

"아 그 얘기? 나도 친구한테 들은 거야."

"정말?"

"그거 되게 유명한 얘긴데. 몰랐어?"

그러니까 네 얘긴 절대 아니야. 너는 따개비 소녀가 아니니까.

세라가 풀어진 얼굴로 말했다.

"재밌더라."

세라가 나를 향해 미소 지었다. 나도 세라를 향해 미소 지었다. 연꽃 소녀처럼 아름답게. 우린 연꽃 소녀니까.

고 재 현…곰이 춤춘다

"자, 어서 나가야지!"

사장이 멀뚱히 서 있는 나를 보고 팔을 움직이며 걷는 시늉을 했다. 나는 두 눈을 끔벅끔벅했다. 속눈썹 끝에서 땀이 뚝뚝 떨어졌다. 알바계의 해병대라는 말은 괜한 소리가 아니었다. 인형 탈을 머리에 뒤집어쓰자 화탕 지옥이 따로 없었다. 길지도 않은 십육 년 인생에 가마솥에 들어가 삶아지는 것 같은 고통을 맛보아야 하다니, 내 죄가 무엇인지 묻고 싶었다.

새로 생긴 대형 팬시점에서 아르바이트를 모집한다는 광고를 보고 찾아갔을 때, 사장은 바로 일할 수 있겠느냐며 반가워했다.

"곰은 모름지기 너처럼 뚱뚱해야지. 키 크고 마른 곰은 헐렁헐렁한 게 모양새가 안 나거든. 여자가 하기엔 힘들 수도 있겠지만 하루만 버텨 봐라. 그럼 끝까지 할 수 있을 거다."

인형 탈 아르바이트는 다른 일에 비해 일당이 두 배였다. 여름에는 수고비를 더 얹어 준다고 했다. 여름방학 동안 이만큼 벌 수 있는 일은 없었다. 나는 스포츠센터 회원권이 절실히 필요했다. 이용료를 육 개월치 선불로 내면 할인도 받을 수 있었다. 그러나 할인보다 더 중요한 건 '개학 후 육 개월'이라는 시간이었다. 반

년 후면 나는 고등학생이 된다. 나는 운동으로 살을 빼고 지금과는 완전히 다른 내가 되어 새로운 학교에서 새로운 아이들과 새롭게 시작하고 싶었다.

동기 부여가 된 사람은 힘들고 지쳐도 멈추지 않는다던 담임의 말이 떠올랐다. '우리는 우리가 생각하는 것보다 잘할 수 있어.' 그 판에 박힌 말이 나를 움직이게 할 줄이야! 거리로 나서니 가슴이 두근거리고 긴장으로 등이 뻣뻣해졌다. 나는 심호흡을 하고 장갑 낀 손에서 전단지가 빠져나가지 않도록 단단히 쥐었다. 이제 누구에게 가장 먼저 전단지를 줄 것인가. 첫 장부터 거절당하면 분명 상처받을 것 같았다.

그때 여학생 둘이 내 쪽을 향해 달려오는 게 보였다. 무슨 일이라도 생긴 걸까 싶어 둘러보려 했지만, 고개만 돌려서는 옆을 볼 수가 없었다. 아예 우향우를 하거나 좌향좌를 해야 한다. 그런데 지금은 앞만 보고 걷는 것도 쉽지 않았다.

"으아, 귀여워. 나 곰 인형 정말 좋아해."

"사진 찍어요. 같이 찍어요."

내게로 곧장 달려온 여학생들은 나를 사이에 두고 휴대전화로 사진을 찍기에 바빴다. 내 모습을 단독으로 찍고, 셋이 함께 찍고, 둘이 한 번씩 나눠 찍었다. 그러더니 내 손에 들린 전단지를 알아서 가져갔다. 갈 때는 손까지 흔들며 아쉬워했다. 나는 어리둥절했다.

뭐지, 지금 무슨 일이 일어난 거지?

나는 인형 탈을 벗은 채 창고에 큰 대(大) 자로 뻗었다. 한 시간 동안 거리를 돌아다녀 보니, 개학 후의 육 개월이 문제가 아니었다. 어쩌면 그 전에 열사병으로 죽을지도 모르겠다는 생각이 들었다.

"첫날 처음 한 시간이 제일 힘들어. 그길로 그만둔 놈들이 수두룩 빽빽하거든."

토끼 인형이 반쯤 언 생수병을 내밀었다. 나는 생수병을 받아 얼굴 위에 굴리며 일어났다. 나와 교대로 전단지를 나눠 주는 토끼 인형은 사장 말마따나 인형 옷이 헐렁헐렁해 볼품이 없었다. 하지만 탈을 벗자 연예인 같은 얼굴이 드러났다. 귀가 기형적으로 크거나 앞니가 툭 튀어나온 얼굴을 상상한 건 아니지만, 예쁜 얼굴을 기대했던 건 더욱 아니었다.

"아 씨, 어제까지는 토끼가 먹어 줬는데. 하긴 인형 중에서는 곰 인형이 갑이지, 응?"

토끼 인형이 내 어깨를 툭 쳤다. 나는 슬쩍 웃고 말았다. 말할 기운도 없었지만, 곱상한 얼굴에서 나오는 껄렁껄렁한 말투와 행동이 또한 반전이어서 대꾸할 말이 얼른 떠오르지 않았다. 토끼 인형은 스무 살이고, 털 달린 동물은 다 좋아해서 전문대학 애견학과에 다닌다고 했다. 낮에는 토끼 탈 알바를, 저녁에는 매장에서 계산 알바를 했다.

"내 이름은 한겨울. 어때, 이름만 들어도 시원하지 않냐. 웃긴 건 난 한여름에 태어났다는 거야. 짐작하는 대로 봄, 여름, 가을, 겨울. 그게 우리 남매들 이름이지. 넌 이름이 뭐야?"

"이찬란이요."

"이름 한번 찬란하구나, 야!"

겨울 언니는 나를 향해 손가락을 추켜세워 보였다. 그러곤 탈을 옆구리에 끼고 토끼처럼 가볍게 뛰어나갔다.

나도 덧붙이고 싶은 말이 있었다. 어때요, 이름만 들어도 눈부시지 않아요? 웃긴 건 내 인생은 한 번도 찬란한 적이 없었다는 거예요. 공부도 못하고, 친구도 없고, 보다시피 뚱뚱한 데다 얼굴은 완전 아줌마 상이거든요. 갓난아이를 안고 있으면 한순간에 아기 엄마로 변신도 가능하죠. 어쩌면 사장도 내 얼굴이 만 15세 이상으로 보일 거라 생각했을 거예요. 그 전 아르바이트에서도 교장의 서명 따위는 필요하지 않았거든요. 말하자면 내 얼굴은 불법 알바 전용인 거죠.

나는 암울한 내 인생을 한탄하며 벌러덩 드러누웠다. 창고의 차가운 바닥이 그나마 더위를 식혀 줬다. 고개를 돌리니 벗어 놓은 탈이 나를 내려다보고 있었다. 겨울 언니 말대로 인형 중에서는 곰 인형이 갑이다. 밝은 갈색 털에 새카맣고 동그란 눈, 봉긋한 코와 웃고 있는 입, 금방이라도 쫑긋거릴 것 같은 둥근 귀, 거기에다 눈사람처럼 둥글둥글한 몸은 깜찍함 그 자체다.

그러고 보니 조금 전에 일어난 일이 이해가 될 듯도 했다. 여학생들이 떠난 뒤에도 많은 사람들이 스스럼없이 내게 다가왔다. 특히 유치원생쯤 되는 아이들에게 인기 폭발! 당황스럽긴 했지만, 내게는 감당하기 어려울 만큼 새로운 세상이었다. '그랜드 오픈'이라고 쓰인 전단지를 나눠 주러 다가가면 먼저 손을 흔들어 인사하는 사람이 태반이었고 팔짱 끼기와 사진 찍기는 필수, 포옹은 선택이었다. 덕분에 들고 나간 전단지는 한 시간도 되지 않아 동이 났다.

나는 웃으며 인형 탈을 툭 쳤다. 그래, 우리는 우리가 생각하는 것보다 더 잘할 수 있을지도 몰라.

열쇠로 현관문을 열었다. 남의 집 문을 열고 들어가는 것처럼 번번이 낯설고 조심스럽다. 이 집에 산 지도 팔 년, 부모님, 언니와 함께 산 시간이 어느덧 할머니와 함께 살았던 시간보다 길어졌다. 그런데도 왜 마음은 시간과 비례하지 않는 걸까.

"꼴이 그게 뭐니? 하루 종일 어디서 뭘 하고 다니는 거야."

엄마가 언니 방에서 나오며 혀를 찼다. 정말 내가 뭘 하고 다니는지 궁금해서 한 말이 아니었다. 엄마는 내가 뭘 하고 다니든 관심이 없다. 뭘 하고 다녀도 마음에 들어 하지 않았다. 내가 물었다.

"왜 이 시간에 집에 있어?"

"주란이가 문제집을 두고 갔다고 해서 가지러 왔다."

"독서실에서 집까지 얼마나 된다고, 더 먼 데서 일하고 있는 사람한테 시켜?"

"고3한테는 자투리 시간도 금쪽같은 거야. 오며 가며 시간 버리고, 더위에 지치고, 정신 흐트러지고……. 그러기에 네가 집에 있었으면 됐잖아."

책을 안 가져간 건 언니고, 그걸 가져다주겠다고 나선 건 엄마면서 아무 상관 없는 내가 잘못한 거란다. 언제나 그렇다. 모든 일이 그렇다. 엄마는 현관문을 소리 나게 닫고 나가 버렸다.

나는 돌을 넘기고부터 시골에서 할머니와 단둘이 살았다. 아빠는 버스 운전을 하고, 엄마는 식당에서 허드렛일을 거들면서 언니를 키웠다. 지하 단칸방을 벗어나 방 세 개짜리 주택으로 이사하고 나서야 네 식구가 모여 살게 되었는데, 그때까지 시골에서 학교를 다니던 나는 모든 것이 낯설고 불편했다. 그중에서도 가장 서먹한 게 가족이었다.

만약 내가 맏이로 태어났다면 할머니에게 맡겨진 것은 내가 아닌 언니였을까. 아니 단지 태어난 순서 때문에 내가 할머니에게 맡겨진 것은 아니었다. 나는 어려서도 말과 행동이 늦되고, 돌아가시는 날까지 빗잔치를 한 할아버지를 꼭 빼닮은 외모 때문에 태어난 순간부터 '밉상' 소리를 들었다고 한다. 그에 비해 언니는 태어난 순간부터 예쁘다는 찬사를 받았고, 한 해 한 해 커 갈수록 주변 사람들을 놀라게 한 신동이었다고 한다. 엄마 아빠는, 가난이 언니의 천재성을 갉아먹지 않게 하려고 악착같이 돈을 벌었다. 집을 늘리는 것보다, 나를 데려오는 것보다, 언니에게 과외 하나를 더 시키는 게 중요했다.

내가 겨우 한글만 익히고 초등학교에 입학했을 때, 4학년인 언니는 이미 피아노 전국 콩쿠르, 영어 말하기 대회, 논술 토론 대회, 과학 탐구 대회, 수학 경시 대회에서 받아 온 상장으로 벽을 도배해 놓고 있었다.

나는 샤워하는 것도 잊고, 내 방으로 들어가 고꾸라졌다. 약국에서 사 온 근육통약과 땀띠약이 비닐 봉투에서 굴러 나왔지만 손가락 하나 까딱하기 싫었다.

처음 며칠은 힘들었지만 이내 요령이 생겼다. 얼린 타월을 목에 두르니 한결 견딜 만했다. 인형 옷 안에는 속옷만 입었고 머리카락은 산발이 되지 않도록 하나로 묶었다. 움직이는 것도 훨씬 자유로워졌다. 또 사람들에게 다가가는 것도 두렵지 않았다. 장난도 칠 만큼 대범해졌다. 전단지를 주고 손을 벌리면, 사람들은 선뜻 가방을 열어 껌이나 초콜릿을 주기도 하고, 물을 주기도 했다. 부채질을 해 주는 사람도 있었다. 그러면 답례로 엉덩이를 실룩거리며 재롱을 피웠다.

"우리 아기 곰, 오늘도 잘 부탁한다."

사장은 곰 인형이 팬시점 마스코트가 되었다며 즐거워했다.

"재주는 곰이 부리고 돈은 왕 서방이 번다더니, 그럼 찬란이 알바비 좀 올려 주든가요."

"야, 그래서 내가 짜장면 대신 탕수육 시켜 주잖냐. 그리고 왕 서방은 돈 벌면 명월이한테 갖다주는 거야."

사장은 자기 말이 웃긴지 혼자 박장대소했다. 겨울 언니가 사장의 철 지난 농담에 "띵호와!"라며 장단을 맞춰 줬다. 사장이 내게 탈을 직접 씌워 주고 뒤통수를 가볍게 툭툭 쳤다. 나는 감독의 응원을 받고 그라운드로 뛰어나가는 운동선수처럼 거리로 나갔다. 그리고 스피커와 내 휴대전화를 연결했다.

첫 번째 곡은 Erik Vee의 〈Far Away〉. 음악이 나오자 다리가 절로 움직이고 비트에 맞춰 심장이 펌프질하기 시작했다. 온몸의 모공이 서서히 열리면서 땀이 폭발하고, 내 안에 쌓인 감정들이 솟구쳐 빠져나갔다. 탈 무게도 몸의 무게도 잊고 멀리 날아오를 것 같은 기분이 들었다.

그렇게 삼 분 넘게 무아지경이 되어 한 곡을 추고 나면 비로소 사람들이 보였다. 사람들은 호의에 가득 찬 눈으로 나를 바라봤다. 나를 보며 웃었다. 지금껏 누가 나를 이렇게 바라봐 주었던가.

"아이고, 곰이 어째 이리 춤을 잘 추냐."

한 할머니가 다가와 나를 쓰다듬었다. 할머니는 연신 "신기하기도 하지. 기특하기도 하지."라고 말했다. 마음이 뭉클했다. 시골에 혼자 계신 할머니가 생각났다. 할머니도 꺼끌꺼끌한 손바닥으로 내 뺨을 쓰다듬어 주시곤 했다. 그랬다. 내게는 할머니가 있었다. 내게도 나를 지극히 사랑해 준 사람이 있었다.

나는 팔을 벌려 할머니를 안았다.

"뭐가 그렇게 서러웠어?"

겨울 언니가 땀띠약을 내 이마에 발라 주며 물었다. 서러웠나. 가끔은 나도 모르는 내 감정을 다른 사람이 확인시켜 준다. 할머니에 대한 그리움 때문에 눈물이 북받쳤다고 생각했는데, 그것 때문만은 아니었나 보다.

겨울 언니와는 마음속 이야기도 나눌 수 있을 만큼 친해졌다. 아르바이트 첫날, 언니는 내게 가족에 대해 물었다. 나는 대답하지 않았다. 가족에 대해 이야기를 하려면 거짓말을 섞어야 한다. 참말만 하면 비참해지니까. 언니에게는 거짓말을 하고 싶지 않아 아무 말도 하지 않았다. 언니는 캐묻지 않았다. 대신 혀가 얼얼해지도록 함께 팥빙수를 먹었다.

"너도 그렇게 생각하냐? 가족이란 당연히 서로 사랑해야 하고, 가정은 당연히 화목해야 한다고? 난 그거 웃기는 소리라고 생각해. 잘 보면, 그놈의 가족 신화를 이루려고 서로를 얼마나 괴롭히는데. 화목하기 위해서 싸워."

겨울 언니는 '당연히'의 음절 하나하나를 힘주어 말하더니, 그거 하나만 버려도 사는 데 숨통이 트인다고 했다. 그런데 당연한 걸 당연하지 않은 걸로 여기는 게 과연 쉬울까. 겨울 언니는 어떻게 그런 걸 깨닫고 편안해질 수 있었을까.

"나 착한 딸 아니었어. 하나로 똘똘 뭉쳐 사는 가족, 좋아 보이지? 꼭 부러워할 것도 아니다. 그 안엔 독재가 있어. 독이 있다고. 난 일찌감치 피비린내 나는 투쟁을 통해 자유와 독립을 쟁취했지."

겨울 언니가 주먹을 불끈 쥐며 전사 흉내를 내더니 이내 덧붙였다.

"한마디로 내놓은 딸."

"내놓기로 치면 나도 만만치 않지."

"오오!"

겨울 언니와 나는 키득키득 웃었다. 상처는 말로 내뱉고 나면 별것 아닌 게 된다. 그동안 꽁꽁 숨겨 뒀던 게 허망할 정도다. 볕에 드러난 상처가 더 빨리 낫는다는 걸, 나는 요즘 배우고 있다. 언니가 땀띠약 뚜껑을 닫고는 내 이마를 퉁 쳤다.

"너 처음 봤을 때, 거, 스산하달까 눅눅하달까. 그런 아우라가 푹푹 풍겼는데, 지금은 아주 생기가 돈다. 반짝반짝해."

그때의 난 분명 그랬을 거다. 나는 할 줄 아는 게 없었다. 하고 싶은 것도 없었다.

"네가 주란이 동생이구나."

전학한 첫날부터 학교 선생님들이 나를 알아봤다. 동네에서도 마찬가지였다. 나는 내 이름 대신 '주란이 동생'으로 불렸다. 처음엔 그게 칭찬인 줄 알고 우쭐했다. 하지만 사사건건 언니와 나를 비교하며 실망하는 사람들의 눈빛에 주눅 들기 시작했다. '앤 언니하고 다르네.' '공부를 못하면 붙임성이라도 있어야지.' '애가 방글방글 웃질 않네. 할머니랑 오래 살아 그런지 애늙은이 같고.'

아무리 흉내 내도 언니를 따라갈 수 없었다. 아무리 노력해도 가운데로 나아갈 수 없었다. 내 삶은 처음부터 꾸어다 놓은 보릿자루였다. 초라하고 한심한 인생. 앞으로도 영영 그럴 거라고 생각했다.

그런데 언제부터인가 달라지기 시작했다. 스포츠센터에 다니겠다는 목표를 세운 순간부터였을까. 어쩌면 고등학교에서만이라도 '주란이 동생'이 아닌 '이찬란'으로 살고 싶다는 생각을 한 때부터인지도 모른다. 분명한 건, 아르바이트를 구하고 춤을 추기 시작하면서부터 나는 더 이상 예전의 내가 아니라는 것이다.

처음엔 쑥스러움을 없애기 위해 아무렇게나 몸을 흔들었다. 그런데 인형 옷과 탈이 커서 그런지 다리를 조금만 움직여도 동작이 커 보였다. 셔플 댄스가 제격일 것 같았다. 집에 가서 동영상을 찾아보고 춤을 따라 했다. 신기했다. 내 몸은 내가 알고 있던 것보다 유연했고, 내 동작은 내가 상상했던 것보다 근사해 보였다. 다음 날, 거리로 나가 준비해 간 음악에 맞춰 춤을 추자 사람들 반응이 달라졌다. 기대 이상이었다.

비록 춤추는 순간뿐이지만 사람들이 나를 보고 즐거워한다는 게 기분 좋았다. 내가 꽤 특별한 사람, 좋은 사람이 된 것 같아 뿌듯했다.

"일당 두 배에 혹해서 시작하긴 했는데, 요즘은 재미난 아이디어 뭐 없을까 궁리까지 한다니까. 내가 학교 수행평가도 이렇게 열심히는 안 했다."

"덕분에 인기 많잖아. 너 정말 잘해."

겨울 언니 칭찬에 가슴이 말할 수 없이 뜨거워졌다. 잘한다는 말, 그 한마디를 듣고 싶었나 보다.

갑자기 내린 소나기 때문에 인형 옷과 탈은 말 그대로 물먹은 솜이 되어 천근만근이었다. 전단지는 비에 젖어 쓰레기가 되어 버렸다. 거기에다 오늘은 사람들마저 유난히 짓궂었다. 똥침을 찌르고 도망가는 아이가 있었고, 남자인지 여자인지 물으며 몸을 더듬는 아저씨도 있었다.

사장은 젖은 옷을 한 시간 일찍 벗게 해 주었다. 얼른 집으로 가 쉬고 싶었고 뭔가 우적우적 씹고 싶었다. 배가 터지도록 먹고 싶었다.

냉장고를 열어 보니 토마토가 한쪽 구석에서 시들어 가고 있었다. 다이어트를 하느라 저녁 식사로 토마토만 먹었는데 아르바이트를 시작하면서부터는 한 번도 지키지 못했다. 더위를 이기고, 춤을 추고, 돈을 벌려면 더 먹어야 했다.

입에 식빵 한 조각을 쑤셔 넣고 냉장고에서 먹을 것들을 꺼내 식탁 위에 올려놓았다. 짓물러 곰팡이가 핀 토마토도 버리려고 꺼내 들었다.

"네가 그렇지."

거실에서 텔레비전을 보던 엄마가 혀를 찼다. 나는 냉장고 문을 연 채 엄마를 바라봤다. 엄마는 텔레비전에 시선을 둔 채 계속 말했다.

"그 결심이 얼마나 가나 했다. 뭘 해도 작심삼일이지. 네 언니 하는 거 좀 봐라. 하겠다고 마음먹으면 못 하는 게 없잖아. 어떻게 된 게 넌 끈기도 없고, 의욕도 없고. 하날 보면 열을 안다고, 하여튼!"

엄마가 고개를 내저었다. 나는 냉장고 문을 소리 나게 닫으며 말했다.

"또 그 소리야! 어떻게 하날 보면 열을 알아? 하나하나 전부 다 봐야 알지!"

"무어?"

할머니는 늘 말했다. '사람 인생은 관 뚜껑 덮어 봐야 안다. 남은 인생 어찌 살지 아무도 모른다.'고. 그런데 엄마는 어떻게 내 행동 하나만 보고 내가 어떤 사람이라고 단정을 짓는 걸까. 나는 이제 겨우 열여섯 살이다. 나도 내 마음을 잘 모른다. 오늘 마음 다르고 내일 마음 다르다. 엄마한테 하는 행동 다르고 겨울 언니한테 하는 행동 다르다.

"엄마는 내가 잘못하고 실패하기만 기다리지. 잘할 거라는 기대는 한 번도 한 적 없지. 알려고나 했어? 본 적이나 있어? 내가 처음 걷고 뛰었을 때, 처음 말을 했을 때, 혼자 자전거를 탔을 때, 내 이름을 썼을 때 엄마는 옆에 없었잖아. 한 번도 없었잖아!"

나도 모르게 손에 힘이 들어가 쥐고 있던 토마토가 터졌다. 붉은 즙이 손가락 사이로 줄줄 흘러내렸다. 나는 아랑곳하지 않았다.

"뭐가 작심삼일이야! 보름 내내 토마토만 먹었어. 지겹게 먹었어."

나는 손에 있던 토마토를 바닥에 내던졌다. 토마토가 터지면서 사방으로 튀었다. 엄마가 깜짝 놀라 자리에서 일어났다. 독서실에 있을 거라 생각했던 언니가 욕실에서 나오며 기겁을 했다.

"이런 거 안 먹을 거야. 뚱뚱하면 어때. 엄마 아빠조차 날 봐 주지 않는데, 누가 날 본다고 살을 빼! 아니, 다 상관없어. 왜 내가 남들을 위해서 살을 빼야 돼? 왜 남들을 위해 굶어야 돼?"

엄마도 언니도, 입만 벌린 채 아무 소리도 못 하고 있었다. 나도 내가 놀라웠다. 나는 한 번도 대들거나 큰 소리로 내 이야기를 해 본 적이 없었다. 하지만 멈추고 싶지 않았다. 말의 앞뒤가 안

맞아도 상관없었고 이치에 안 맞아도 상관없었다. 나는 내 입에서 나오는 말을 내 귀로 들으며, 그 모든 말이 내 안에 묻어 뒀던 진심이라는 걸 깨달았다. 언니가 다가오며 말했다.

"야, 이찬란. 너 어이없다."

"나도 너 때문에 어이없어. 왜 내 앞에 있는 건데. 왜 너 때문에 난 처음부터 실패한 인생인데."

"이게 정말!"

나는 보란 듯이 토마토를 발로 밟았다. 퍽 소리를 내며 토마토가 으깨져 언니 다리에 튀었다.

"왜 나만 기다려? 언제까지 기다려? 언니가 중학교에 가면 해줄게, 언니가 고등학교에 갈 때까지 기다리자, 이제 대학교만 가면 돼! 진짜 그럼 돼? 아니잖아. 거기서도 끝나지 않을 거잖아. 언니가 취직할 때까지, 시집갈 때까지, 성공할 때까지, 죽을 때까지! 그때까지 난 뭔데!"

내 차례는 영영 오지 않을 거였다. 처음부터 엄마 아빠는 언니에게 '성공한 인생'이라는 예감의 깃발을 꽂고 이인삼각처럼 함께 달리고 있었다. 거기에 내가 낄 틈은 없었다. 그런 줄 알면서도 기다렸다. 내가 여기 있다고, 나를 보라고, 나도 할 수 있다고 외치고 싶던 적이 수없이 많았다. 하지만 그러지 못해 분하고 더 화가 났다.

나는 내 방을 향해 걸어갔다. 발바닥이 미끄러워 금방이라도 넘어질 것 같았다. 하지만 엄마와 언니 앞에서는 절대로 넘어지고 싶지 않았다.

"곰이 화나면 무섭지. 곰은 고집도 세다고."

겨울 언니와 나는 빠르게 돌아가는 선풍기 날개에 얼굴을 들이대고 땀을 식혔다.

"어젯밤에 엄마가 따라 들어와서 청소해 놓으라고 야단했다면 난 너무 비참하고 끔찍해서 집을 나왔을지도 몰라. 그런데 아무 말도 않더라."

아침에 일어나 보니 부엌은 깨끗하게 치워져 있었다. 엄마는 일하러, 언니는 공부하러 나가고 없었다. 오후 근무를 하는 아빠가 나를 보고 한마디 했다. 잘 잤니? 평소와 똑같은 인사였다. 엄마에게 무슨 이야기든 들었을 텐데. 하긴 아빠가 갑자기 달라진 모습을 보여 줬다면 난감했을지도 모른다.

"언니, 난 닷새 뒤에 사람이 될 거야."

오 일 뒤면 아르바이트가 끝난다. 방학도 끝난다.

"뭔 소리야, 지금은 사람 아니고 뭔데?"

"웅녀지. 이게 햇빛 안 드는 굴속에서 쑥과 마늘만 먹고 버티는 거랑 뭐가 달라? 이건 사람이 할 짓이 아니야."

"맞다. 곰처럼 은근과 끈기가 없으면 못 하지. 게다가 너는 재주도 부리잖냐."

나는 곰처럼 행동하고 곰처럼 웃으면서, 어느새 웅녀와 똑같은 소망을 갖게 되었다. 조금만 더 참고 견디면 사람이 될 거라고 주문을 외웠다. 탈을 벗어 던지는 날엔 새로운 나로 탈바꿈할 거라고. 그건 어느새 믿음이 되었고, 정말로 이루어질 것만 같았다.

"니들 일 안 하냐? 깐풍기 먹여 줬더니, 선풍기만 쐬고 있어?"

사장의 썰렁한 농담에 겨울 언니와 나는 혀를 빼물었다. 내 순서였다. 나는 며칠 남지 않은 아르바이트를 완벽하게 해내고 싶었다. 최선을 다하고 싶었다. 그러나 삶은, 늘 우리를 속인다.

개학을 앞둔 주말이어서 그런지 유난히 사람이 많았다. 더위도 막바지 기승을 부렸다. 거기에 사람들이 뿜어내는 열기까지 달아올라 멀미가 날 지경이었다. 점심에 먹은 깐풍기 때문인지 속도 거북했다. 깐풍기와 선풍기, 사장의 농담이 떠오르면서 눈앞에 선풍기 날개가 뱅글뱅글 돌아가는 것 같았다.

그때 유치원 또래 아이들이 나를 향해 열광적으로 달려왔다. 마치 돌격하듯 제 몸무게를 그대로 실어 나를 덮쳤다. 나는 피할 겨를도 없이 아이들을 안은 채 뒤로 나자빠졌다. 그 충격으로 탈이 벗어졌고, 둘러서 있던 사람들은 놀라 소리를 질렀다.

느닷없이 쏟아져 들어온 햇빛은 너무 밝았다. 탈은 저만큼 굴러갔다. 어린아이들이 내 얼굴을 확인하곤 제 엄마에게 달려갔다. 곰이 아냐. 무서워. 아이들이 울었다. 그리고 누군가가 소리쳤다. 뭐야, 저건 곰이 아니라 돼지잖아.

나는 마음속으로 '얼른 일어나.'를 외쳤다. 하지만 몸이 말을 듣지 않았다. 몸을 굴려 엎드린 후 두 팔로 땅을 짚고 일어서면 되는데, 머릿속으로는 수십 번도 벌떡 일어섰는데, 몸은 꼼짝도 하지 않았다. 사람들 웃음소리가 들렸다. 누군가 휴대전화 사진기로 땀과 땀띠로 범벅이 된 내 얼굴을, 산발이 된 내 머리를 찍는 게 보였다. 아, 씨발…….

눈을 떠 보니 사무실이었다. 에어컨 바람이 나를 향해 불어오고 있었다.

"정신 들어? 너 탈진해서 쓰러졌어."

"나 사진 찍혔어?"

정신이 들자마자 그 걱정부터 했다.

"내가 누구냐? 사진 찍은 중딩 새끼 잡아서 싹 지우게 했지. 그리고 사장님이 금세 업고 들어와서 괜찮아."

나는 고개를 끄덕였다. 정신을 차렸는데도 머릿속이 온통 새까맸다. 손이 부들부들 떨려서 억지로 깍지를 끼고 고개를 들었다. 벗어 놓은 탈이 나를 보고 웃고 있었다. 탈을 외면하는데, 얼굴이 후끈 달아오르고 눈시울이 시큰거렸다.

그동안 사랑받았다고 느꼈던 건 다 거짓이었다. 탈이 벗겨지자 모든 사람이 내게 손가락질했다. 사랑받았던 건 내가 아니라 귀엽고 사랑스럽고 순진한 곰의 모습이었다. 그런 줄 이미 알고 있었지만, 일부러 모른 척했었다. 탈을 쓰고 있는 동안 나는 가족에게 받지 못했던 관심과 사랑을 받았다. 낯선 사람들과 서슴없이 손잡으면서 세상은 두려운 곳이 아니라고 믿었다. 구석이 아닌 가운데로 나왔다고 생각했다. 그러면서 나도 모르게 원했나 보다. 진짜 내 모습을 보여 주고 싶다고, 내 맨 얼굴도 사랑받고 싶다고…….

자리에서 일어나려는데 다리에 힘이 풀려 도로 주저앉았다. 겨울 언니가 괜찮으냐며 부축했다. 아무 말도 하고 싶지 않았다. 입을 열면 눈물이 날 것 같아서, 어금니를 꽉 물고 사무실을 나왔다.

집으로 가는 길이라고 생각했다. 그런데 태어나 처음 와 보는 것처럼 모든 것이 막막했다. 길을 잃어버리면 안 된다는 생각에 한 걸음 내딛을 때마다 주변을 둘러봤다. 거리엔 길을 물어볼 사람 하나 없었다. 날이 금방 어두워져 마음은 점점 불안해졌다. 마침 저 앞에 누군가 앉아 있는 게 보였다. 서둘러 그곳으로 향했다.

그건 사람이 아니라, 사람 크기만 한 곰 인형이었다. 버려진 지 오래된 듯 낡고 더러웠다. 실밥이 터져 솜이 삐져나와 있었다. 인형을 슬쩍 건드렸더니 탈이 툭 떨어졌다. 그 안에는 원숭이 인형 탈이 들어 있었다. 그것을 벗기자 양의 탈이 나왔다. 고양이, 강아지, 토끼, 서로 다른 모양의 탈이 끝없이 나왔다. 나는 미친 듯이 탈을 벗겨 냈다. 마지막으로 여우 탈을 벗겨 내자 한 아이의 얼굴이 드러났다. 깜짝 놀라 한 걸음 물러났다. 나는 내가 무서운 건지, 화가 난 건지, 아니면 슬픈 건지 모른 채, 그 아이를 바라보며 울었다. 엉엉 울었다.

울음소리에 놀라 잠에서 깨었다. 흐느낌이 멈추질 않았다. 꿈속에서 본 아이는 나였다. 할머니 손을 떠나 드디어 가족에게 왔지만 홀로 남겨진 여덟 살의 나. 그리고 불현듯 깨달았다. 지금 내 몸은 열여섯 살이지만 마음은 여덟 살에서 하나도 자라지 않았다는 걸. 그리고 그 수많은 탈은 아빠에게 인정받고, 엄마에게 사랑받고, 언니와 친해지려 했던 나의 또 다른 얼굴이었다는 걸.

나는 내게 말했다. 이찬란, 너도 노력했구나. 낯선 세상에 적응하려 애썼구나…….

눈물이 주르륵 흘러내렸다. 나는 다시 잠들어 계속 꿈을 꾸고 싶었다. 그 인형을 가져오고 싶었다. 나라도 끌어안아 다독여 주고 싶었다. 나는 눈을 감았다. 꽉 감았다. 하지만 더 이상 잠은 오지 않았다.

결국 정해진 날짜를 다 채우지 못하고 아르바이트를 그만뒀다. 사장은 아기 곰을 찾는 손님들이 많다며 아쉬움을 내비쳤지만 두 번 다시 탈을 쓰고 싶지 않았다.

"너 굴에서 뛰쳐나가면 사람 못 돼."

겨울 언니가 금전 출납기에 동전을 분류해 넣으며 말했다.

"반쯤은 됐겠지. 곰과 사람 사이."

"반인반수냐? 하긴 열여섯 살은 그런 때지. 그래서 본성이 원하는 걸 하기로 했어?"

나는 웃으며 회원권을 내보였다. 그건 스포츠센터 회원권이 아닌 댄스클럽 회원권이었다. 겨울 언니 말이 맞다. 본성을 따르기로 했다. 살을 빼기 위해서도 아니고, 춤을 잘 춰 댄서가 되기 위해서도 아니다. 육 개월 후에 고등학생 시절을 찬란하게 시작하고 싶어서도 아니다. 하루에 한 번, 한 시간 동안만이라도 내가 나를 행복하게 해 주고 싶어서다. 지금은 그것만 생각하기로 했다.

"야, 근데 왜 내 가슴이 다 두근거리냐. 괜히 신 나. 괜히 좋아."

나는 언니를 마주 보고 웃었다. 사람을 보고 웃는 일이 전만큼 어렵지 않다.

"언니, 우리 안을래?"

겨울 언니가 씩 웃었다. 우리는 서로를 끌어안았다. 아르바이트를 하며 수많은 사람과 했던 포옹과는 또 달랐다. 겨울 언니가 내 등을 두드렸다.

"자, 이제 가야지!"

나는 고개를 끄덕였다. 그리고 팬시점을 나왔다. 거리에는 여름의 막바지 열기가 남아 있었다. 스포츠센터를 지나고, 학원들이 즐비한 거리를 지나 3층짜리 건물 앞에 닿았다. 엘리베이터도 없는 건물의 계단을 한 칸 한 칸 오를 때마다 입꼬리가 슬쩍슬쩍 올라갔다.

나는 댄스클럽 출입문의 손잡이를 잡고 천천히 숨을 들이마셨다. 가슴부터 배까지 숨길이 열리면서 몸이 부레처럼 부풀어 올랐다. 숨을 내쉬며 문을 힘껏 밀었다. 음악 소리가 박수처럼 쏟아졌다.

이 진…백조의 냄새

한 달 만에 그 애가 학교에 나왔다.

정확히는 한 달하고도 이틀 만이니 장장 삼십이 일 만의 등교였다. 구태여 그 애가 말해 주지 않아도 우리 반 모두 그 애가 왜 한 달 넘도록 학교에 코빼기도 비치지 않았는지 잘 알고 있었다. 가요 순위 프로그램 1위, 월화 드라마 주제곡 작업, 버라이어티 프로그램 출연, 요구르트 광고 촬영. 한국 여자라면 누구나 다 아는 화장품 가게 앞에는 지난주부터 그 애의 전신사진으로 만든 실물 크기 입간판이 들어섰다.

"오늘은 스케줄 없나?"

"얼굴 대박 작아."

"진짜 말랐다."

쉬는 시간 종 치기가 무섭게 몰려온 아이들은 우리 반 교실 창가에 여름철 물가에 꼬여 드는 날벌레처럼 새까맣게 들러붙었다. 그 애가 학교에 나오는 날이면 늘 벌어지는 일이었다.

중학교 3학년 때 어느 이름 없는 연예 기획사의 가수 오디션에 합격한 그 애는 이제 상도 타고, 영화에도 출연하고, 드라마에도 나오고, 온갖 분야에서 이름을 날렸다. 그 애 덕분에 기획사는 허름했던 단칸방 사무실을 강남 한복판으로 옮겼다고 했다.

학년 초에는 우리 반 아이들도 그 애랑 셀카 한 장 찍어 보겠다며 쉬는 시간마다 북새통을 이루었지만, 2학기 들어서는 조금 심드렁해졌다. 아아, 걔? 우리 반인데, 그래서 뭐? 물론 우리가 아무렇지 않은 척한다고 해서 그 애가 우리랑 같은 보통 아이가 되는 건 아니다. 그 사실을 우리도 잘 알았다. 뼈저리게 잘 아니까 더 아무렇지 않은 척, 잘난 척하고 싶어지는 것이다.

"뭐야, 사진보다 별론데?"

창밖에 매달려 있던 누군가가 큰 소리로 외쳤다. 이어서 또 다른 목소리가 들려왔다.

"야, 연예인은 다 포샵발이야."

그 애의 귀에 들리거나 말거나 상관없다는 듯 우렁차고 무례한 목소리였다. 아니, 실은 그 애가 들어 주었으면 하는 은근한 바람을 품은 목소리들이 끊임없이 교실 안으로 흘러 들어왔다. 그 애는 창가에 들러붙은 관객들이 안달을 내건 말건 개의치 않는 얼굴로 친구들에게 둘러싸여 밝게 웃고 있었다.

"하린이 오랜만에 보네."

담임이 그 애에게 아는 척을 하자 그 애는 붙임성 있는 태도로 나긋이 인사를 했다. 성격 까칠하기로 유명한 울 담임은 전쟁터에서 죽을 고비를 넘기고 집에 돌아온 병사를 맞이하는 어머니처럼 그 애를 반기며 흐뭇한 표정을 지었다. 만약 다른 애가 한 달 넘게 결석을 했다가 뻔뻔하게 돌아왔다면 담임이 저렇게 따뜻이 맞이해 줬을까? 강제 전학이나 안 당하면 다행이겠지. 담임은 물론 교장, 교감도 그 애의 사인을 받아 가는 판국이었다.

그 애는 모든 아이들이 세상에서 가장 힘없고 평범해지는 공간인 학교 안에서도 특별했고, 스타였다. 그 애와 팔짱을 끼고 매점이나 학교 앞 패스트푸드점에 가는 고정 멤버들은 딱 세 명이었는데, 연예인이 되기 전 중학교에서부터 함께 놀았다는 아이들이었다. 그 선택받은 아이들을 제외하면 나머지 아이들은 그저 같은 학교를 다닐 뿐 그 애의 친구는 될 수 없는 구경꾼들이었다. 선택받은 그 세 명은 그 애가 학교에 나온 날이면 눈에 띄게 기세가 등등해졌다.

나? 나는 구경꾼 A라고나 할까. 그 애와 같은 반이기는 하지만 교실 밖 창가에 들러붙은 옆 반 아이들과 다를 것 없는 희미한 존재. 나는 손거울을 괜히 만지작거리며 내 자리에서 3시 방향에 앉아 있는 그 애의 얼굴을 훔쳐보았다.

인형처럼 커다란 눈, 은은하고 자연스러운 쌍꺼풀, 서클렌즈 같은 거 안 껴도 바둑알처럼 까만 눈동자, 오뚝한 버선 모양 콧대, 바비 인형처럼 작은 콧방울, 아무것도 바르지 않아도 항상 다홍빛을 띠는 얇은 입술, 그리고 여드름은커녕 모공 하나 눈에 띄지 않는 새하얀 '쿨 톤' 피부.

그 애는 세상 모든 여자아이들이 원하는 미인의 조건을 완벽하게 갖춘 아이였다. 나는 수업 시간 내내 그 애의 얼굴을 흘끔거리다가 무심코 손거울을 내려다보았다. 두툼한 눈꺼풀에 필사적으로 쌍꺼풀 테이프를 붙인 누르퉁퉁한 두꺼비 한 마리가 넓은 콧방울을 벌름대고 있었다.

세상에 자기 얼굴을 좋아하는 여고생이 있을까?

적어도 나는 아니다. 얼굴은 넙데데하고, 안검하수인 아빠를 닮아 축 처진 홑꺼풀에 몽고주름이 도드라지는 눈, 손가락으로 만져 봐야 간신히 거기 붙은 것을 확인할 수 있는 낮은 콧대, 울 엄마 닮아서 넓은 콧방울, 늘어진 모공이 선명한 누리끼리한 지루성 피부. 어떻게 된 게 엄마랑 아빠 얼굴의 못난 부분만 귀신같이 골라 닮았는지 모를 노릇이었다.

그 애가 학교에 나온 날이면 안 그래도 마음에 안 드는 내 얼굴이 평소의 세 배는 더 못나지는 이상한 현상이 일어났다. 전날 밤까지만 해도 없던 뾰루지가 하루아침에 코 한가운데에 커다랗게 돋아난다거나, 눈 밑에 시커멓게 자리 잡은 다크서클이 한층 더 진해진다거나, 그런 희한한 일이 일어나는 거였다.

여름방학을 마친 개학식 날, 학교에 나온 그 애를 두고 아이들 사이에 말이 돌았다. 방학 동안 미묘하게 얼굴 생김이 바뀌었다는 것이었다. 자세히 보면 눈꼬리가 살짝 길어졌다(앞트임 했네, 했어.), 윗입술이 조금 얇아졌다(입매 성형이지, 100프로.), 그런 소문들이 무성한 가운데 진실은 오리무중이었다. 왜냐하면 아무도 감히 그 애에게 대놓고 야, 너 성형했니? 라고 물어보지는 못했으니까. 설령 그런 용자가 있다 한들 그 애가 성형 안 했는데? 라고 딱 잘라 말해 버리면 그뿐일 테니. 우리는 그저 인터넷 포털 사이트의 인기 검색어에 그 애의 이름과 나란히 '성형'이라는 단어가 뜨는 것을 보며 짐작만 할 뿐이었다.

불공평하다. 울화가 치밀었다. 이미 충분히 예쁜데 거기서 성형까지 하다니. 욕심이 지나치다. 이기주의다. 막상 얼굴 고쳐야 할 사람들은 따로 있는데 왜 지가 얼굴을 고친대. 나야말로 누구보다 더 간절히 성형을 하고 싶다. 초등학교 6학년 때부터 하루도 빼놓지 않고 이쑤시개 끝에 물풀을 묻혀 가짜 쌍꺼풀을 만들었던 나였다. 부작용으로 눈꺼풀이 점점 더 처지는 바람에 겁이 나서 중학교 2학년 때 그만두었지만.

개나 소나 다 받는 쌍꺼풀 수술을 우리 엄마는 죽어도 시켜 주지 않았다. 십 년 전, 엄마는 계 모임 아줌마의 사탕발림에 홀라당 넘어가 그때 우리 가족이 살던 소도시에 있던 허름하고 수상쩍은 병원에서 쌍꺼풀 수술을 받았더랬다. '야매' 시술이었던 거다. 눈꺼풀에 칼자국이 선명하게 난 데다 양쪽 모양도 티 나게 다른 짝짝이 쌍꺼풀을 갖게 된 엄마는 지난 십 년 내내 성형외과 간판만 보일라치면 욕을 바가지로 쏟아 내고는 했다.

그렇지만 포기할 내가 아니었다. 중학교 삼 년 내내 울고불고 단식투쟁까지 한 끝에 엄마는 '인서울' 대학에 붙으면 쌍꺼풀 수술을 시켜 주겠다고 약속했다. 솔직히 지금 내 성적으로는 인서울은커녕 수도권 사 년제도 어렵지만. 어쨌거나 나는 대학생이 되기만을 오매불망 기다리는 중이다. 대학에 붙자마자 알바라도 뛰어서 쌍꺼풀 수술을 받을 생각이었다. 물론 야매 병원 말고 강남의 유명한 곳에서.

하지만 고등학교를 졸업하려면 아직 일 년 반이 넘게 남았다. 그동안 이 지긋지긋한 홑꺼풀 눈으로 살아야 하는 거다. 안 그래도 처진 눈꺼풀이 더 처지면 어쩌지? 안 그래도 넓은 코 평수가 더 넓어지면 어쩌지? 불안하고 우울해서 잠이 오지 않는 밤이면 나는 참지 못하고 일어나 스마트폰을 열고 사진 수정하는 어플에 역대 최고로 잘 나온 셀카 사진을 불러들여 내 얼굴을 세심하게 고치는 데 몰두하고는 했다. 눈 크기를 키우고 콧대를 만들어 주고 입술을 줄이고 턱을 좁히고 피부색을 새하얗게 만들고.

한 달 만에 그 애가 학교에 나온 날에도 나는 밤새워 내 사진 성형에 정성을 기울였다. 한참 만에 새로 태어난 내 얼굴을 한동안 만족스레 바라보던 나는 무심코 인터넷에 접속해서 연예 기사들을 구경했다. 때마침 엊그제 무슨 시상식에 참가한 그 애의 사진이 포털 메인을 장식하고 있었다. 하늘하늘한 원피스에 예쁘게 땋아서 틀어 올린 머리로 그 애는 밝게 웃고 있었다. 나는 긴 시간 고친 내 사진을 다시 한번 들여다봤다. 나는 사진 파일을 지워 버리고 스마트폰 전원을 꺼 버렸다.

눈물이 났다. 그 애가 부러웠다. 부럽고 부러워서 진짜로 배가 아팠다. 침대에 드러누워 베개에 얼굴을 파묻자 몽고주름을 타고 줄줄 흐른 눈물이 베갯잇을 적셨다.

"하린이는 좋겠다. 이뻐서."

"그러게. 나도 하루만 그렇게 말라 봤음 소원이 없겠네."

"야, 울 오빠가 그러는데 남자들은 마른 여자 별로 안 좋아한대."

"그런 너는 왜 남친 하나 없냐?"

점심시간, 나는 친구들과 매점에 나란히 앉아 아이스크림을 빨며 덧없는 이야기를 나누었다. 그 애는 드물게 사흘 연속으로 꼬박꼬박 학교에 나오는 중이었다. 사흘 내내 체육 시간과 음악 시간은 그 애의 장기 자랑 시간으로 탈바꿈했다. 우리야 듣기 싫은 수업을 날로 먹으니 좋고 유명 연예인의 공연을 공짜로 구경하니 더 좋았지만, 과연 그 애는 어떨까. 학교에서까지 노래를 하고 춤을 춰야 하는 기분이 과연 좋을까, 싫을까. 그 애는 눈치 없는 선생님들이 노래라도 시키기 전에는 먼저 나대는 일이 결코 없었다. 원래 성격이 그런 건지, 아니면 괜히 나댔다가 몰카라도 찍혀서 악플 먹을까 봐 몸을 사리는 건지. 어쨌거나 그 애의 특별한 신분과 신중한 태도는 비밀스러운 신비감을 자아냈다.

"하린이한테도 사생활이라는 게 있을까?"

내가 다 먹은 아이스크림 과자 꼭지에 붙은 초콜릿을 우적우적 씹으며 중얼거리자 옆에 앉은 친구가 콧방귀를 뀌었다.

"야, 돈을 그렇게 많이 버는데, 사생활 좀 없으면 어때?"

"하긴. 쟤가 작년 한 해 번 돈만 100억이 넘는다더라."

"100억? 쩐다."

"지 돈으로 엄마 아빠 아파트 사 드렸대."

100억. 무슨 정치 비자금 뉴스에서나 들어 본 단위다. 난 100억 원은 고사하고 100만 원도 없는데 그 애는 나랑 동갑내기인데도 벌써 100억 원을 벌어 놓았다니.

"쟤는 집안도 원래 잘산대."

"맞아. 아빠가 무슨 중소기업 사장이라며?"

얼굴, 재능, 유명세, 집안 배경까지. 뭐냐고 진짜! 하늘을 향해 삿대질이라도 하고픈 기분이었다. 왜 사람을 이렇게 불공평하게 만드셨나요. 다들 우울해져서 한숨을 푹푹 내쉬고 있는데 한 명이 반쯤 먹다 남긴 수박바를 쥐고 중얼거렸다.

"공부는 못하잖아."

"그……러게?"

"맞아. 1학년 때 모의고사 103점이라고 그러더라."

"대박. 첨부터 끝까지 다 찍었나 보네."

낄낄대는 우리를 향해 또 다른 친구가 무뚝뚝하게 한마디 툭 던졌다.

"연예인이 공부 잘해서 뭐하냐?"

침묵이 흘렀다. 친구가 쥐고 있던 수박바가 녹아서 시뻘건 물이 땅바닥에 뚝뚝 떨어졌다.

"어차피 대학도 특례로 들어갈 테고. 실용음악과나 연영과나 다 좋은 대학에만 있잖아."

"공부 못해도 우리보다 낫네."

"당연하지. 연예인이잖아."

"우린 뭐냐? 무수리?"

"무수리. 딱이네."

친구는 허탈한 얼굴로 중얼거리며 반이나 남은 수박바를 쓰레기통에 휙 던져 버렸다. 덩달아 내 입맛도 뚝 떨어졌다.

"김선정."

어, 내 이름인데? 반사 신경이 떠미는 대로 고개를 돌리자 눈앞에 텔레비전에서 막 튀어나온 연예인이 서 있었다. 그 애였다. 때는 목요일 아침 8시 50분. 장소는 교문 앞 문구점이었다. 나는 오늘 미술 시간에 쓸 재료를 막 계산하고 돌아서던 참이었다.

"어…… 응?"

나는 바보처럼 멍해진 얼굴로 대답했다. 그 애가 내 이름을 알고 있을 줄은 꿈에도 몰랐다. 물론 같은 반이기는 하지만 그 애는 하린이고, 나는 구경꾼 A니까. 대한민국 최고 인기 여고생 아이돌께서 비천한 무수리의 이름을 기억해 주시다니요. 비아냥거리며 대꾸하는 건 어디까지나 내 마음속 깊은 곳에 꼭꼭 숨은 소심한 본심일 뿐, 현실의 내 입에서는 비굴하기 짝이 없는 목소리가 튀어나와 버렸다.

"왜 그래?"

그 애는 난처한 듯 하얀 이마에 가느다란 주름을 잡으며 말했다.

"미안한데, 혹시 3000원만 빌려 줄 수 있어? 저녁때 바로 갚을게."

"웬 돈?"

"오늘 미술 준비물 사야 하는 걸 깜박했어. 돈 뽑아서 오면 지각할 것 같아서. 지금 딱 오 분 남았잖아."

야. 너 작년에 100억 원 벌었다며. 부모님한테 아파트까지 사드렸다며. 그런데 수중에 겨우 3000원이 없다니, 벼룩의 간을 내 먹어라.

그러나 한편으로 이건 기회이기도 했다. 인기 폭발 아이돌 스타 하린에게 돈을 빌려 준 사람이 될 수 있는 기회. 존재감 희미한 무수리, 구경꾼 A에서 벗어날 절호의 기회.

그 애는 나를 향해 커다란 눈을 깜박깜박, 값비싼 인형처럼 감았다 뜨며 간청했다.

"안 되겠어?"

와…… 진짜 화보 같다. 정신을 차리고 보니 나도 모르게 지갑에서 꼬질꼬질한 천 원짜리 석 장을 꺼내 그 애의 손 위에 얹어 주고 있었다.

그 애는 내가 빌려 준 돈으로 무사히 미술 준비물을 샀다. 그날 나는 온종일 묘하게 들떠 수업에 집중을 할 수 없었다. 그 애에게 돈을 꿔 주다니! 이따 학원 애들한테 말해 줘야지. 카스에도 써야지.

수업이 끝나고 책가방을 싸는데, 그 애가 가방을 메고서 내 자리에 오더니 불쑥 말을 걸었다.

"집에 바로 가?"

"어어?"

나는 아침에 문구점에서 그랬던 것처럼 다시 한번 얼빠진 목소리를 냈다. 그 애는 차분하게 나를 바라보며 말했다.

"아침에 그랬잖아. 저녁에 돈 갚겠다고."

세 명의 친위대원들이 옆 분단에 뭉쳐 서서 그 애와 나를 날카롭게 바라보고 있었다. 나는 허둥거리며 말했다.

"아, 그랬지 참."

"같이 갈래? 현금인출기, 길 건너 편의점에 있잖아. 나 친구들이랑 길 건너 핫도그집에서 감자튀김 먹기로 했거든."

그 애는 친위 대원들을 손짓으로 가리키며 나에게 말했다.

"우리랑 같이 감자튀김 먹어도 괜찮고."

"김선정, 뭐 해. 안 가?"

내 단짝들이 뒷문에서 나랑 그 애를 의아한 표정으로 바라보며 말했다. 난 안절부절못하며 단짝들을 바라보았다. 어쩌지.

그로부터 약 십 분 뒤. 나는 그 애와 친위대원들 틈바구니에 껴서 핫도그와 감자튀김을 먹고 있었다. 우연히 3000원을 빌려 주었을 뿐인데, 그 애와 한자리에서 간식을 먹는 성은을 입은 것이다. 친위대원 셋은 굴러 온 돌멩이인 나를 내내 경계심 어린 태도로 대했다. 웃기는 계집애들이었다. 어차피 다 같은 무수리들 주제에. 그리고 너희는 거울도 안 보냐. 나 같으면 절대 애랑 같이 안 다닐 텐데 말야. 너희들 얼굴 절반만 한 연예인이랑 같이 팔짱 끼고 셀카 찍으면 창피하지도 않니. 친위대원들이 그 애랑 웃으며 떠드는 동안 나는 속으로 구시렁대며 눅눅해진 감자튀김만 하릴없이 집어 먹었다.

갑자기 한 떼의 남자애들이 가게로 들이닥쳤다. 우리 학교에서 두 정거장 떨어진 곳에 있는 남고 애들이었다. 우리 학교 애들은 성적이 나쁘고 못생긴 애들이 많다는 이유로 그 남고 애들을 무시했다. 아마 그 남고 애들도 비슷한 이유로 우리를 무시하겠지만, 이제 우리 학교에는 하린이라는 막강한 존재가 있다. 어떻게 감히 그 애를 무시할 수 있겠어.

"야, 여기가 하린 단골집이래."

남자애들은 시큼한 땀내와 함께 소리 지르며 문간 바로 앞의 테이블에 가방을 던져 놓았다. 내 맞은편에 앉은 그 애는 남자애들이 가게에 들어오는 것과 동시에 어깨를 움츠리며 고개를 푹 수그렸다. 하지만 그건 사냥꾼에게 쫓기던 꿩이 대가리만 풀숲에 처박는 것만큼이나 덧없는 행동이었다. 아니나 다를까, 일 초도 지나지 않아 남자애들 중 제일 뚱뚱하고 못생긴 녀석이 구석에 앉아 있는 우리를, 정확히는 그 애를 발견하고 소리를 내질렀다.

"야, 하린이다!"

"헉, 진짜다!"

남자애들은 우리가 앉은 자리로 몰려와 다짜고짜 스마트폰이랑 공책을 들이밀었다.

"죄송한데요, 목소리 조금만 낮춰 주시겠어요."

그 애가 귀엽게 양손을 모으며 남자애들에게 간청했다. 얼굴은 변함없이 화사하게 웃고 있지만 눈빛에는 난처함이 매달려 있는 것이 보였다. 멍청한 남자애들은 그 애가 웃어 주니까 진짜로 자기들이 좋아서 그러는 줄 착각했는지 한층 더 목소리가 커졌다.

"조용히 좀 해 달라고 하잖아요."

보다 못한 내가 나서서 그 애의 편을 들어 주었다. 그러나 남자애들은 내 말을 들은 척도 하지 않았다. 남자애들에게 나는 공기였다. 무색투명한 공기.

남자애들이 난리를 치는 바람에 가게 밖을 지나가던 사람들까지 그 애의 존재를 알아차리고 말았다. 심지어 남자애들은 카톡과 전화로 제 친구들을 불러들이기까지 했다. 채 오 분도 되지 않아 좁은 핫도그 가게는 사방에서 몰려든 사람들로 북새통이 되고 말았다. 구석 자리에 앉은 우리들은 퇴로가 막혀 꼼짝도 못하고 그 애를 보러 온 인파에 포위당했다. 가게로 미처 들어오지 못한 아이들은 순식간에 가게 유리창에 다닥다닥 들러붙었다. 아수라장이었다.

그 난리굿 속에서도 그 애는 인형 같은 웃음을 잃지 않고 남자애들에게 일일이 사인을 해 주고 브이 자를 그리며 함께 사진을 찍어 주었다. 나 같으면 죽어도 저렇게는 못 할 텐데. 아주 잠깐 동안이나마 조금 얇아졌던 그 애와 나 사이 신분의 벽이 순식간에 수십 배로 두터워지는 것이 뼈저리게 느껴졌다.

그 애가 스물세 명째 사인을 해 주려던 참이었다. 참다참다 폭발한 주인아주머니가 카운터를 주먹으로 내려치며 고함을 질렀다.

"가게 무너지겠다! 나가서 해, 나가서!"

그 애는 구원의 소리라도 들은 것처럼 벌떡 일어났고, 그제야 아이들의 무리가 우르르 가게 밖으로 빠져나갔다. 키가 전봇대만 한 남자애가 둘러멘 뚱뚱한 배낭이 내 어깨를 아프게 후려쳤다. 나는 악 소리도 지르지 못한 채 땅바닥에 그대로 나동그라졌다. 그 애는 몰려든 아이들에게 겹겹이 둘러싸여 있어서 나동그라진 나를 발견하지도 못했다.

"그만 좀 해! 아 진짜 촌스럽게!"

친위대원들이 짜증스레 소리를 질렀지만 남자애들은 들은 척도 하지 않았다. 사방에서 찰칵대는 소리가 끊임없이 울렸다. 나는 멍든 엉덩이를 문지르며 혼자 집으로 돌아가는 수밖에 없었다.

그날 밤, 고딩들이 많이 활동하는 인터넷 커뮤니티마다 휴대전화로 찍은 하린 분식집 인증 사진들이 줄지어 올라왔다. 물론 나는 집에 돌아오자마자 인터넷 화면에서 눈을 떼지 않고 오늘의 인증 사진을 기다리던 참이었다. 만에 하나라도 내 얼굴이 찍힌 사진이 올라오면 지구 끝까지 쫓아가서 사진 당장 지워 달라는 말과 함께 욕을 한 바가지 퍼부어 줄 생각이었다.

인증 사진이 뜨기가 무섭게 수십 수백 개의 리플이 매달렸다. 나는 새삼스레 그 애의 인기를 실감하며 하나하나 읽어 보았다.

—존나 못생긴 애들이랑 감튀 먹고 있더라.

—나 같으면 죽어도 하린이랑은 같이 못 다닐 듯.

—어케 하린이랑 같이 찍냐ㅎㅎ 용기가 가상함.

죄다 평소에 내가 그 애와 그 애의 친위대원들을 두고 생각하던 것과 별다를 바 없는 말들이었다. 그런데 그런 생각들이 막상 모르는 사람들의 손가락에서 흘러나오니 날카로운 가시처럼 가슴에 쿡쿡 박혀 들었다.

귀엽다, 얼굴 작다, 하얗다, 쌩얼인데도 대박 이쁘다. 리플에는 외모를 찬양하는 내용이 가장 많았다. 그러나 그런 칭찬 사이사이에는 어김없이 악플이 섞여 있었다. 어디 어디 성형을 했네, 교복 치마 기장이 짧네, 까져 보이네, 화면에서 보던 것보다 훨씬 쪄 보이네, 포샵발 쩌네, 남자 아이돌 누구누구랑 붙어먹었네. 앞뒤 재지 않고 내던진 말들이 욕설과 뒤엉켜 계속 올라왔다.

그러나 그런 더러운 말들 또한 내가 지금껏 그 애를 두고 생각하던 것들과 별다를 바 없는 말들이었다. 끝도 없이 이어지는 악플들을 읽고 있자니 그 애를 좇는 남자애에게 밀쳐져서 길바닥에 비참하게 나동그라졌던 순간이 떠올랐다. 공기처럼 투명하게 나와 친위대원들을 통과해서 그 애의 얼굴에 꽂히던 남자애들의 눈빛도. '존나 못생긴 애들이랑 감튀 먹고 있더라.'라는 악플도 함께.

나는 일어나 옷장에 매달린 전신 거울을 뚫어지게 노려보았다. 변함없이 넙데데하고 누리끼리한 내 얼굴이 거울 속에 있었다. 평소의 세 배, 아니 최소한 다섯 배는 못나 보이는 얼굴이었다.

그 애는 아무런 잘못이 없다. 그 애는 그냥 예쁘고 잘나서 연예인이 된 것뿐이다. 나는 그 애를 질투하는 것뿐이다. 연예인도 뭣도 아닌 평범하기 짝이 없는 구경꾼, 무수리의 추한 질투.

안다. 나도 내가 추한 거 알아. 하지만 나는 그 애를 미워하는 게 아니야. 나는 그저 괴로울 뿐이었다. 그 애를 생각하면 안 그래도 못난 내 얼굴이 더 못나 보여서. 차라리 그 애가 텔레비전과 인터넷 속에만 머물러 있다면 이런 괴로운 감정까지는 느끼지 않았을 텐데. 왜 너는 나랑 한 교실 안에 있어서, 왜 너 같은 애가 나 같은 애의 현실에 비집고 들어와서는.

울상이 된 내 얼굴을 더 이상 봐 주기 힘들었다. 나는 거울을 뒤집어 놓았다. 고치고 싶어. 고치고 싶어. 오로지 그 생각만 머릿속에 가득했다.

다음 날 저녁. 나는 방문을 굳게 닫아걸고 책상 앞에 결연한 표정으로 앉았다. 중학교 2학년 때부터 머릿속으로 수백 번씩 생각만 해 왔던 미친 짓을 실행에 옮길 작정이었다. 그 미친 짓이란 '셀프 쌍꺼풀 수술'이었다. 예리한 커터 칼날 끝으로 눈꺼풀 가운데를 가볍게 그어서 쌍꺼풀을 만든다는 것이 나의 계획이었다.

나는 칼날을 2센티미터 정도 빼내고 동네 약국에서 산 소독용 에탄올로 날 끝을 꼼꼼하게 소독했다. 그리고 왼쪽 눈을 질끈 감고 칼날을 눈꺼풀 위에 조심스레 가져갔다. 칼을 움켜쥔 오른손이 발발 떨렸다. 날 끝을 아주 살짝 대었을 뿐인데 벌써 눈꺼풀이 아리고 따가운 듯한 착각이 일었다. 나는 훅, 하고 숨을 크게 들이쉬고서 천천히 날 끝을 눈꺼풀 한가운데에 갖다 대었다. 눈꺼풀과 칼날이 닿은 면적은 0.1밀리미터도 안 되는 극도로 작은 범위였지만 그 작디작은 지점으로부터 솟아난 얼음장 같은 오한이 내 등줄기를 타고 내려갔다. 나는 마음을 다잡았다. 어차피 6학년 때부터 삼 년 내내 풀 바른 이쑤시개로 매일같이 긋고 쑤셔 대는 바람에 다 버린 눈꺼풀. 뭐 아쉬울 게 있다고 주저해. 그냥 눈 딱 감고서 확 째 버리면 되는 거야. 지금 잠깐만, 아주 잠깐 동안만 참으면 나를 괴롭히는 비참한 기분에서 조금이나마 해방될 수 있겠지…….

"선정아! 밥 안 먹고 뭐 하냐!"

우렁찬 아빠의 목소리에 나는 깜짝 놀라 커터 칼을 바닥에 떨어트리고 말았다. 팔꿈치에 부딪힌 화장 솜과 알코올이 차례로 떨어졌고 방바닥 위에 알코올이 넓은 원을 그리며 퍼져 나갔다.

내가 미쳤지. 돌았지. 맨발바닥에 차가운 알코올이 닿자 정신이 번쩍 들며 창피함이 밀물처럼 밀려들었다. 고등학생이나 되어 가지고는 어떻게 이런 멍청한 짓을 했지? 아무한테도 말 못 할 거다. 가장 친한 단짝한테도, 인터넷 게시판에도, 세상 누구한테도. 일개 구경꾼 무수리 주제에 그 유명한 하린을 상대로 열등감 폭발해서 커터 칼 들고 셀프 쌍수를 하려고 했다는 쪽팔리는 이야기를 말이야. 나는 저녁밥도 굶은 채 한참을 훌쩍훌쩍 울었다.

그다음 날부터 그 애는 다시 학교를 결석했다. 예전부터 그래 왔던 것처럼. 점차 아이들의 화제에서 하린이가 차지하는 비율이 줄어들었고 기세등등했던 친위대원들의 어깨에서도 힘이 빠졌다. 그런데 나는 어쩐지 예전처럼 금방 일상으로 돌아갈 수 없었다. 그 애가 학교에 나오지 않는데도 내 얼굴이 평소의 세 배

못나 보이는 증상에서 좀처럼 헤어날 수 없었던 것이다. 나는 거울을 들여다보며 어디를 어떻게 고칠지 나 혼자 견적을 내 보고, 잘나가는 성형외과가 강남 어느 동네에 있는지 인터넷으로 알아보면서 무기력한 시간을 보냈다.

보름하고도 이틀 만에 그 애가 학교에 다시 나왔다. 다른 반 애들은 또다시 날파리처럼 우리 반 창가에 들러붙었고, 친위대원들은 다시 기세등등해지는 일상이 반복되었다. 그 애는 그동안 살이 더 빠졌는지 예전에 비해 한층 더 얼굴이 작아져 있었다. 이제는 내 얼굴의 절반도 아니고 한 3분의 1 정도밖에 안 되어 보였다. 학교 안 나온 동안 경락 마사지라도 받았나?

그 애가 학교에 다시 나온 둘째 날이었다. 5교시 수업 시간에 갑자기 소변이 마려워졌다. 점심시간에 단짝들이랑 맥도날드에서 준 공짜 쿠폰으로 얻은 아메리카노 커피를 마구 들이켠 탓이었다. 어쩔 수 없이 나는 손을 들고 화장실에 갔다. 수업 도중에 화장실에 가면 일을 다 보고 나서도 늦장을 부리고 싶어지는 법이었다. 나는 물을 내리고 나서도 변기 뚜껑 위에 버티고 앉아 괜히 스마트폰을 만지작거렸다.

문득 화장실 문이 열리는 소리가 났다. 누군가가 나처럼 수업 도중에 화장실에 온 모양이었다. 나는 재미있는 게 없나 스마트폰으로 카페 게시판을 들여다보고 있었다. 내가 앉은 칸의 바로 옆 칸 문이 다급하게 열렸다.

에이 씨. 남이 오줌 싸는 소리는 듣기 싫은데. 그런 생각을 하고 있는데, 얇은 벽 너머에서 갑자기 예상도 못 했던 소리가 터져 나왔다.

"우웩!"

나는 깜짝 놀라 하마터면 변기에서 미끄러질 뻔했다. 누군가가 옆 칸에서 변기를 붙들고 구역질을 하고 있는 것이었다. 뭐야, 점심시간에 술이라도 마셨나?

"욱, 우욱!"

금방 끝날 줄 알고 기다렸는데, 옆 칸의 불우한 학우는 내장까지 다 게워 낼 생각인지 좀처럼 구역질을 멈추지 못했다. 그런데 가만 듣고 있자니 소리가 좀 이상했다. 마치 목구멍을 쥐어짜는 듯 고통스러운 소리. 속이 뒤집혔을 때 구역질하는 소리하고는 달랐다. 그건 마치…… 억지로 목구멍에서 토악질을 끄집어내는 것 같은 어색하고 불편한 소리였다. 크윽, 욱, 아저씨 목소리처럼 굵직한 헛구역질 소리에 이어 콜록콜록, 하는 밭은기침 소리가 뒤를 잇더니, 잠깐 지나서 다시 한번 헛구역질 소리가 났다. 듣고 있자니 나까지 구역질이 날 것만 같아졌다. 나는 교실로 돌아가기로 마음먹었다.

내가 문을 밀고 나오는 것과 거의 동시에 구역질 소리가 멈추고, 옆 칸 문이 열렸다. 무심결에 돌아본 나는 기절할 만큼 놀랐다. 그 애였다. 그 애도 나만큼 기겁을 하며 나를 보았다.

황홀한 순간에만 시간이 멈추는 게 아니라, 끔찍한 순간에도 시간이 멈추는구나. 문득 그런 생각이 들었다. 새하얗게 질리다 못해 새파래진 얼굴로 날 멍하니 쳐다보던 그 애가 황급히 오른손을 꽉 쥐었다. 그 짧은 순간 나는 보고 말았다. 주먹 속으로 모습을 감추기 직전의 검지와 가운뎃손가락이, 침으로 반짝이고 있던 것을.

그 애는 비틀거리며 내게서 한 발짝 뒤로 물러났다. 그 애가 헉, 하고 숨을 내쉬는 순간 코를 찌르는 쉰내가 끼쳤다. 나도 모르게 헛구역질이 치밀어 올라오는 구린 냄새였다.

이런 내 꼴 보니 속이 풀리니?

그 애가 눈으로 말을 걸어왔다. 실은 나 혼자 멋대로 그렇게 상상한 것이었겠지. 하지만 그 애와 눈이 마주친 순간에는 분명히 그 애의 목소리가 내 머릿속에 울렸다고 나는 확신했다. 그 애는 억지로 구역질을 해 대는 바람에 눈물이 고인 벌건 눈으로 나를 바라보더니 호주머니에서 손수건을 꺼내 입가와 눈가를 훔치며 얼음 기둥이 된 내 앞을 스쳐 지나갔다. 아니, 달아났다.

나는 텅 빈 화장실에 우두커니 서서 한동안 꼼짝하지 못했다. 넓은 화장실에는 희미한 냄새가 떠돌았다. 꽃향기도, 비싼 샴푸 냄새도, 향수 냄새도 아닌 생선 썩는 것 같은 쉰 냄새가. 그 애의 하얗고 가느다란 몸속 깊은 곳에서 흘러나온 악취가.

문득 내 머릿속에 하얗고 아름다운 백조 한 마리가 떠올랐다.

잔잔한 수면 위로 유유히 미끄러지는 눈부시게 하얀 백조. 그리고 이어서 시커먼 물속을 빠르게 휘젓고 있는 한 쌍의 물갈퀴가 떠올랐다. 누군가에게 쫓기는 양 정신없이 휘적대는 넓적한 물갈퀴. 나는 깨달았다. 보지 않아도 될 것을 보아 버렸다는 걸.

그날 학교를 마친 나는 단짝들을 먼저 보내고 마을버스도 타지 않은 채 혼자 터벅터벅 걸어서 집으로 돌아왔다. 집에 온 나는 응접실에 주저앉아 텔레비전을 켜고 화면을 바라보았다. 인기가요 프로그램의 화려한 무대 위에서 그 애가 노래를 부르고 있었다. 동시에 인터넷을 수놓은 무수한 악플들이 내 머릿속을 가득 메웠다.

물론 백조의 물갈퀴가 오리의 물갈퀴와 같을 수는 없겠지. 하지만.

그동안 나 혼자 멋대로 질투해서 미안했다고, 그 애에게 말하지는 못할 것이었다. 그런 남사스러운 소리를 할 수 있을 리가 없다. 그 애가 또다시 한동안 학교에 나오지 않으면 오늘 일도 금방 잊어버릴 거다. 하지만 언제나처럼 거울을 들여다보며 내 못난 얼굴에 한숨지을 때, 가끔은 떠오를지도 모른다고 생각했다. 텅 빈 화장실에 감돌던 그 애의 냄새가. 코를 찌르게 독하고, 슬픈, 백조의 냄새가.

홍 명 진…오늘 같은 날

교실 안은 쉬지근한 땀내에 푹 절어 있었다.

우르르 교실로 몰려 들어온 녀석들은 훌러덩훌러덩 체육복 상의를 벗어젖혔다. 비곗덩어리가 출렁거리는 복부에 힘을 주고 복근이라고 우기는 녀석이 있는가 하면, 호야! 고함을 지르며 발차기로 남은 기운을 쓰는 녀석 들로 야단법석이었다. 돌돌 말린 옷뭉치가 내 뒤통수를 강타하고 바닥에 툭 떨어진 건 내가 막 자리에 앉았을 때였다. 일부러 나를 겨냥한 건 아니라고 생각하고 싶지만 자동적으로 '졸라' 소리와 함께 고개가 획 돌아갔다.

박도기가 천천히 나를 향해 걸어왔다.

"오, 쏘리."

녀석은 내 한쪽 어깨를 짚고 비스듬히 서서는 바닥에 떨어진 체육복을 발가락으로 집어 올렸다. 미안해하긴커녕 시비를 걸고 싶은 네 속마음을 내가 모를 줄 알고. 나는 앉은 채 녀석을 올려다보다가 슬그머니 고개를 돌려 버렸다. 굳이 녀석을 턱까지 쳐들어 가며 보고 싶지는 않았다.

"요게 하필이면 너한테 가서 딱 떨어지냐. 난 그냥 공 던지는 연습을 했을 뿐인데. 나도 야무지게 공 좀 팍팍 넣어 봤으면 소원이 없겠는데, 아까는 유독 몸이 안 풀렸어. 이제 좀 뛰어 볼까 했는데 '땡' 하고 종 칠 줄 누가 알았냐."

변명하면 상황이 좀 달라지나? 시합에서 진 걸 이딴 식으로 분풀이하겠다 이거지? 꼼수가 너무도 환하게 보여 나도 모르게 코웃음이 났다.

"너, 지금 나 비웃냐?"

"비웃긴. 알았으니까 옷 주웠으면 가 봐. 아직 수업 남았잖냐."

"알긴 뭘 알아?"

녀석이 내 말을 물고 늘어졌다. 뭐든 제 마음대로 해야 직성이 풀리고 그렇잖으면 졸졸 따라다니면서 사람 괴롭히는 게 박도기 특기였다. 아깝다, 아까워. 겉은 멀쩡한 녀석이 속은 꼬부라져 가지고는.

"괜한 사람한테 시비 걸지 마라."

나는 차분하게 말했다. 흥분하면 술수에 말려드는 거다. 마침 수업 시작종이 울렸다.

"이따 보자!"

뭘 보자는 건지는 모르겠지만, 녀석은 애써 분을 삭이며 돌아섰다. 팔다리의 길이가 확실히 나와는 달랐다. 목도 쑥 뽑아 놓은 것처럼 길었다. 여자애들이 도기한테 들러붙는 것도 외모가 만드는 미친 존재감 때문이겠지. 마음 같아서는 나도 녀석의 뒤통수에다 슬리퍼를 확 날려 버리고 싶었지만, 시끄러워지는 건 딱 질색이었다.

문제는 5교시 체육 시간에 있었던 농구 시합이었다. 도기와 나는 팀이 갈라져 한판 붙게 되었다. 결과는 우리 팀의 압승이었다. 굳이 누군가를 탓하고 싶다면 그렇게 편을 나눈 체육 선생님을 탓해야 할 거였다. 한팀이 되었어도 녀석의 굴욕감은 여전했겠지만 말이다.

도기는 선생님의 호루라기가 울리기 무섭게 내 곁에 바싹 붙었다. 처음부터 나를 밀착 방어 할 요량이었다. 녀석은 공이 날아다니는 방향과 상관없이 죽어라 내 뒤만 졸졸 따라다녔다. 내가 드리블해 간 공을 바스켓을 향해 쏠 때마다 갈고리 같은 녀석의 두 팔이 내 머리통 위에서 놀았다. 나는 녀석을 따돌리고 다섯 골이나 성공시켰다. 이번 농구 시합의 주인공은 자타 공인 나였다. 이래 봬도 나는 농구라면 누구한테도 밀리지 않을 자신이 있었다. 그동안 엄마가 들인 돈이 얼만데.

수업이 끝나자 도기가 복도에서 나를 기다리고 있었다. 이따 보자더니, 정말로 나를 봐야 분이 풀릴 모양이었다.

"야, 다시 한판 해."

학원 수업이라도 째고 붙자는 건가?

"시간 없는데. 학원 가야 하거든."

"인마, 너만 학원 다니냐?"

어지간히 수가 틀린 모양이네. 붙자면 내가 피할 줄 알고?

"그렇게 소원이라면 못 붙을 것도 없지."

"토요일에 학원 보충 끝나고 보자. 콜?"

나도 콜이다!

녀석은 복도를 휘적휘적 걸어 나갔다.

·

부모의 키 평균치에 7센티를 더하면 아들의 성장 가능치가 나온다고 했다. 그렇다면 나는 최대 168센티까지 클 수 있다는 계산이 나온다. 과학적인 근거야 어쨌든 최대치까지 커도 박도기를 따라잡을 수는 없다. 엄마는 아빠보다 고작 2센티가 클 뿐인데, 부부 싸움에서 불리한 조건에 처할 때면, "웨딩드레스 입고 납작한 운동화 신은 사람은 나밖에 없을 거야." 하고 아빠 키를 들먹인다. 내가 한번은, 그럼 왜 키 작은 남자와 결혼했느냐고 묻자 눈에 콩깍지가 씌어서 그땐 아빠가 작아 보이지 않았다고 했다. 그렇다면 그건 순전히 엄마 탓이다. 아빠가 키를 속인 게 아니라 엄마가 눈이 삔 것이었으니까.

머릿속이 바빠 숟가락질이 느려지자 할머니가 식탁을 톡톡 쳤다.

"밥 먹다 말고 웬 딴생각이여?"

식탁 의자 등받이에 폭 싸인 할머니는 머리가 겨우 등받이를 넘길 정도였다. 다리도 바닥에 닿지 않아서 어린 여자애처럼 두 발을 까닥까닥 흔들고 있었다.

사람들은 할머니를 난쟁이 취급했다. 팔다리가 유난히 짧고 몽톡한 데다 엉덩이가 툭 불거져 걸을 땐 어린아이가 빽빽 소리 나는 신발을 신고 아장대는 것처럼 보였다. 할머니 마음에 드는 옷을 골라도 치수가 맞지 않아 수선집에 가서 할머니 몸에 맞게 고쳐야 입을 수 있었다. 발에 맞는 구두도 살 수 없었다. 215밀리짜리 성인용 구두는 나오지 않기 때문이다. 할머니는 식구들의 낡은 신발을 아무렇지도 않게 끌고 다녔다.

내가 태어나기도 전에 돌아가셨다는 할아버지도 아빠와 키가 비슷했다고 한다. 그러니까 성장치를 따져 봐도 아빠 키가 160센티에 육박한 건 놀라운 일이라고 할 수 있다. 두 명의 삼촌도 아빠와 키가 비슷했다. 어쩜 한석봉 어머니가 떡 썰듯이 아들 셋의 키를 고만고만하게 맞춰 낳았냐고 엄마는 우스갯소리를 했지만, 엄마가 그런 말 할 처지는 아닌 것 같다. 고등학교 2학년인 형도 나보다 겨우 몇 센티밖엔 크지 않으니까.

내가 밥숟갈을 놓자 할머니가 다시 수저를 들려 주었다.

"한창 클 나이인데 밥을 남기면 어떡하누. 마저 먹고 일어서야지."

"됐어요. 학원 늦어요."

학원에서도 도기를 볼 생각을 하니까 갑자기 밥맛이 뚝 떨어졌다.

할머니는 밥 먹은 그릇들을 개수통에 넣었다. 발판을 딛고 올라서서 수돗물을 트느라 발뒤꿈치까지 한껏 추켜세웠다.

맞벌이하는 부모님을 대신해 살림은 할머니의 몫이었다. 할머니가 딛고 있는 발판은 할머니를 위해 아빠가 특수 제작한 거였다. 널빤지 양쪽에 다리를 대고, 바닥에는 장판을 입혀 깔끔하게 못질한 발판을 보고 할머니는 장난감 선물이라도 받은 아이처럼 좋아했다.

방에서 잠깐 꿈지럭거리다가 가방을 챙겨 거실로 나왔는데, 할머니가 보이지 않았다. 할머니는 그새 방으로 들어가 도도를 들여다보고 있었다. 할머니는 요즘 도도 녀석, 그러니까 고슴도치에 흠뻑 빠져 있었다.

"할머니, 저 학원 가요."

"어여 갔다 와."

할머니는 나를 힐끔 돌아본 뒤에 흐흐 웃으며 다시 도도와 눈을 맞췄다.

할머니가 눈에 띄는 건 작은 키 때문만은 아니다. 할머니의 저 천진한 웃음을 보면 웬만한 사람들은 정상이라고 생각하지 않는다. 어린아이같이 잘 웃고, 뭐든 감사하게만 받아들이는 할머니. 노인회관에서 만난 친구가 선물로 준 거라며 고슴도치를 들고 왔던 날, 할머니 얼굴은 하회탈 같은 웃음을 잔뜩 머금고 있었다. 엄마는 그걸 어떻게 키우실 거냐고 질색했지만, 아빠는 할머니 역성을 들었다.

"어머니도 정 붙일 데가 없으니까 그러시겠지. 혼자 종일 집 지키자면 좀 외로우시겠어."

우리 집은 동물을 한 번도 키워 본 적이 없었다. 털 알레르기가 있는 엄마 때문이었다. 내가 초등학교 3학년 때, 형과 내가 쓰는 작은방 창문과 옆집 담 사이에 길고양이가 새끼를 낳은 적이 있었다. 새끼는 밤마다 창문을 긁어 대며 울었다. 나는 방범 창살 사이로 손을 뻗어 새끼 고양이를 방 안으로 들였다. 내 주먹보다 조금 큰 새끼 고양이였다. 고양이를 엄마 몰래 구두 박스 속에 담아서 책상 밑에 놓고 키웠는데 사흘 만에 걸렸다. "고양이와 엄마 둘 중에 하나만 선택해. 네가 고양이를 키우겠다면 엄마가 나갈 거야."라는 엄마의 초강력 발언에 고양이를 놔줄 수밖에 없었다. 그 일이 있고부터 우리는 엄마 앞에서 고양이의 '고' 자, 강아지의 '강' 자도 꺼낼 수 없었다. 다행히 고슴도치는 털 날리는 짐승이 아니라서 그 정도로 넘어갔다.

아빠 말대로 할머니는 외로우셨던 게 틀림없었다. 하루 종일 고슴도치를 끼고 살았다. 도도야, 우리 아가, 하고 할머니가 바싹 다가앉아 말 시킬 때 보면 손자 하나를 새로 얻은 것 같다고 엄마는 말했다. 할머니는 핸들링하는 법을 따로 배우기라도 한 듯 도도를 아주 능숙하게 길들였다. 손으로 먹이를 집어 주고, 가시를 쓸어 주고, 똥을 치우고, 목욕도 시켜 줬다. 도도는 할머니 이외의 식구들이 손이라도 댈라치면 가시를 곤두세우며 경계했다.

한번은 내가 실수로 녀석의 집을 건드려서 장롱에 부딪뜨린 적이 있는데, 녀석이 데구루루 공처럼 굴러 나와 가시를 잔뜩 세웠다. 성질이 난 녀석은 할머니가 달래 주자 가시를 눕히며 순진한 눈망울을 했다. 어린애들이나 동물들은 할머니를 경계하지 않았다. 절대로 자신들에게 해를 끼칠 사람이 아니라는 것을 알아봤다. 어른들만 할머니를 이상하게, 혹은 신기하게 봤다.

여름 내내 할머니는 도도를 데리고 공원으로 나가 그늘에서 더위를 식혔다. 할머니가 도도를 산책로에 풀어놓으면 사람들이 할머니 주위로 몰려들었다. 할머니는 멀리서도 금방 표가 났다. 뒷짐을 진 채 아장아장 걷는 할머니와 가느다란 네 개의 발을 보이지 않을 정도로 빠르게 놀리는 도도. 우리에 갇혀서 다람쥐처럼 끊임없이 쳇바퀴를 돌리는 녀석을 보면서 할머니는 안타까웠는지도 몰랐다.

현관으로 나와서 "할머니, 다녀올게요." 하고 다시 큰 소리로 말했는데 할머니는 나와 보지 않았다. 도도가 오기 전에는 꼭 현관까지 따라 나와 배웅했었는데 말이다. 아무튼 도도와 할머니, 둘은 찰떡궁합이었다.

'7센티'의 수학 시간이었다. 2학기 중간고사가 이 주밖에 남지 않아서 수업 강도는 갈수록 세지고 있었다. 이런 상황에 도기와 학원에서까지 한반이었다면 아마 돌아 버렸을 거다. 녀석은 B반이었다. 학원 모의고사 성적이 90점이 돼야 내가 속한 A반에 올라올 수 있다. 그래 봐야 좁은 학원에서 녀석과는 수시로 마주쳤다. 화장실 가는 복도에서, 휴게실에서, 엘리베이터 앞에서, 학원 앞 편의점에서.

"다음 주에 실시하는 모의시험에서 성적 떨어지면 B반으로 내려가는 거 알지? 암튼, 이번엔 제대로 좀 해라. 니들 부모님한테 학원비만 받아먹는 도둑놈이라는 소리, 나도 듣기 싫거든."

"'놈'이 아니라 '년'이죠."

누군가 작은 소리로 말했는데 아이들 전체가 키득거렸다. 7센티의 눈이 고슴도치 가시처럼 빳빳해졌다.

7센티만 보면 할머니가 떠올랐다. 7센티짜리 통 굽을 신고 있는데도 복도를 지나갈 때면 창문으로는 머리통만 간신히 보였다. 7센티의 신발 굽 높이를 알려 준 것은 도기였다. 녀석은 엄지와 검지를 쫙 벌려 높이를 가늠해 보더니 "7센티야. 그럼 대체 구두 높이를 빼고 남은 키가 얼마기에 창문 밑으로 기어 다니는 것처럼 보이냐?" 하고 키득거렸다. 녀석의 표적은 7센티가 아니라 나였다. 내 키가 거의 7센티와 같았다. 나를 약 올리려고 7센티를 악착같이 이용하는 거였다. 녀석은 7센티가 지나가면 잽싸게 복도로 나와서 슬그머니 옆에 붙어 나란히 걸었다. 무슨 영문인지도 모르고 도기와 걷던 7센티는 나중에야 녀석의 속셈을 알아채고 눈에 가시를 세웠다. 동그랗게 큰 눈에 뽀얀 살결, 제법 예쁘게 생긴 7센티의 얼굴이 마귀할멈처럼 변하는 순간을 나는 몇 번이나 목격했다. 녀석의 장난은 늘 내 눈에 띄는 장소에서 행해졌으니까.

할머니는 당신이 어렸을 때 못 먹고, 고생을 많이 해서 키가 크지 않은 거라고 믿고 있었다. 할머니의 어머니는 할머니가 첫돌이 되기도 전에 돌아가셨고, 할머니의 아버지는 할머니가 아홉 살 때 배를 타고 나갔다가 타지에서 돌아가셨다고 했다. 할머니는 작은아버지 댁에서 자랐는데, 그 집에서 사촌 동생들 업어 키우고 물동이 이고 나르느라 클 새도 없었다고 했다. "호랑이 담배 먹던 어두운 시절이었지." 하고 할머니가 옛날 일을 회상할 때마다 아빠는 옆에서 크음, 소리를 내곤 했다. 할머니를 바라보는 아빠 눈엔 물기가 어려서 눈동자가 동동 떠 있는 것처럼 보였다. 어쨌거나 아빠나 엄마도 할머니의 아버지와 어머니를 보지 못했으니까 당신이 고생을 해서 이렇게 작은 거라고 우기는 할머니 말에 반박할 수 없었다. 그런데 엄마는 내 키가 크지 않은 게 할머니를 닮은 집안 내력이라고 믿고 있었다.

엄마는 걸핏하면 나를 벽에 세워 놓고 키를 재면서 골머리를 앓았다. 벽을 파듯이 긁어 놓은 눈금은 바코드처럼 매우 조밀했다. 엄마의 전략에 의해 나는 초등학교 6학년 때부터 중1 때까지 일요일 아침마다 모둠 운동 과외를 받았다. 월 10만 원씩 수업료를 내고 전직 농구 선수라는 꺽다리의 지도하에 여덟 명의 아이들이 두 시간 동안 땀을 흘리며 뛰는 거였다. 자고로 잠을 푹 자야 스트레스가 줄고, 키도 크는 법인데, 엄마는 일요일 아침마다 일찍 일어나라며 나를 들들 볶았다. 꺽다리는 성장판을 자극하고 체력을 단련하는 데 농구만큼 좋은 운동은 없다고 했다. 꺽다리는 가끔씩 덩크슛 시범을 보인다며 배꼽을 다 드러내 놓고 골대에 한 팔로 매달려 작대기 같은 다리를 덜렁댔다. 어쨌든 그때 운동을 한 덕분인지 중학생이 될 때 키가 조금 크기는 했지만, 신의 저주라도 받았는지 어느 순간 성장이 멈춰 버린 듯했다.

귀찮은 운동을 이를 악물고 한 건 엄마의 성화가 워낙 거세기도 했지만 김시연 때문이기도 했다. 김시연은 초등학교 6학년 때 나의 단짝이었다. 중학생이 되면서 학교가 갈리긴 했지만, 김시연이 다니는 여중과 우리 학교 담장이 붙어 있는 덕분에 자주 마주쳤다. 나는 시연이를 좋아했지만 끝내 고백은 하지 않았다. 시연이는 나뿐만 아니라 도기와도 친했다. 그러니까, 시연이는 두루두루 인기 있고, 사교성이 많은 애이기도 했다. 시연이에게 고백을 안 한 건 잘한 일이었다. 나랑 엇비슷한 정도였던 시연이는 6학년 겨울방학이 지나 개학했을 때는 몰라보게 커 있었다. 중학생이 되면서는 키 차이가 더 확실해졌다. 시연이가 나를 보고 반가워해도 나는 웃을 수 없었다. 콩나물 대가리처럼 껑충하게 커 버린 시연이와 나란히 걷는 건 죽기보다 싫었다.

나한텐 몇 가지 철칙이 있는데 그중 첫 번째는 나처럼 키가 작은 애들과는 절대 무리 지어 다니지 않는다는 거다. 도기 녀석 눈에 띄면 끼리끼리 꼴값들 한다고 비웃음거리나 되기 십상이니까. 물론 키 큰 여학생 옆에도 서지 않는다. 버스를 탈 땐 더욱 그렇다. 교복을 입지 않았을 땐 초등학생이라고 해도 의심하는 기사가 없다. 그거 되게 기분 더럽다. 할머니는 키 작은 게 자랑은 아니지만, 부끄러운 것도 아니라고 말했다.

"사람을 겉모양만으로 어떻게 판단하냐. 오래 두고 보면 겉과 달리 속 깊고, 제대로 된 사람도 많으니라."

할머니 말이 틀린 건 아니지만, 겉을 보지 않고 속부터 볼 수는 없다. 할머니는 나를 볼 때마다 흐뭇해하면서 "우리 규환이는 아주 옹골지게 자라려나 보구나. 괜찮다, 괜찮아. 때 되면 다 큰다."고 말한다. 그럴 땐 "대체 그때가 언제냐고요."라고 소리를 지르고 싶다.

학원 수업이 끝나고 엘리베이터 앞에서 도기와 딱 마주쳤다.

"내일 잊지 않았지?"

비겁하게 내가 약속을 피하기라도 할까 봐? 농구로는 네가 나한테 게임이 안 되지. 꼭 나를 이겨 먹어야 직성이 풀리겠다는 건데, 내가 그렇게 호락호락하지 않다는 걸 알게 될 거다.

사실 나는 건드리지만 않는다면 굳이 도기에게 시비나 싸움을 걸고 싶지는 않다. 누가 보면 녀석과 내가 철천지원수라도 되는 줄 알겠지만, 초등학교 때는 별일 없이 잘 지냈었다. 그런데 중학교에 와서 이상하게도 관계가 자꾸 꼬였다. 나는 깐족거리는 녀석의 성격이 갈수록 못마땅했고, 거기에 호응해 주지 않는 나를 도기는 아니꼽게 생각했다.

"공은 네가 챙겨 와라."

나는 선심이라도 베풀듯 녀석을 향해 빙긋 웃어 주었다.

"다시 농구 시작할까?"

"얘가 지금 무슨 소릴 하는 거야?"

엄마의 목소리엔 짜증이 묻어 있었다. 9시까지 일을 하고 들어온 엄마는 뒤늦게 세탁기를 돌려 놓고 차를 한잔 마시던 중이었다. 할머니는 일찍 잠자리에 드셨고, 아빠는 약속이 있는지 아직도 귀가하지 않았다.

"금방 3학년 될 텐데, 지금 농구를 해서 어쩌자고. 시킬 땐 그렇게 귀찮아하더니만."

"알았어. 안 해, 안 한다고."

"근데 왜 갑자기 농구 타령이야?"

"내 키 안 큰다고 애태우던 사람이 누군데."

"그래서? 키 때문에 공부해야 할 이 시점에 다시 운동을 하겠다고?"

엄마와 이렇게 대화를 풀어 가다간 무슨 소리가 나올지 몰랐다. 나는 자리에서 일어섰다.

"잠시만 앉아 봐."

"왜. 나 바쁜데."

"규환아, 외모 그딴 거보다 사람이 제대로 돼야지. 형을 봐. 형은 제 몫 다하고 있잖아. 엄마도 네가 형만큼만……."

엄마와 대화를 트면 종착역은 항상 형이다. 요약하면 형은 외모에 대한 콤플렉스를 다른 것으로 만회한다. 너도 형만큼만 공부해라. 그럼 되지 않느냐는 거다. 공부만 잘하면 뭐든 다 된다는 듯이. 외모도 스펙이라는 말 엄만 들어 보지도 못했나?

"형은 형이고 나는 나지."

나도 모르게 말투가 신경질적이 되었다. 과학고에 들어가서 기숙사 생활을 하는 형도 아마 키 때문에 고민 좀 할 거다. 엄마가 속상해할까 봐 말을 안 해서 그렇지, 형도 속을 끓이고 있었다. 외모도 스펙이라는 말은 형 입에서 나온 말이니까.

"키, 그거 너무 신경 쓰지 말라는 얘길 하는 거야. 키는 작지만 세계사에 이름을 남긴 뛰어난 사람들이 얼마나 많은데. 키 작은 거장이라는 말도 있잖아. 네 키가 여기서 멈춘다고 네 삶이 멈추는 건 아니야. 모델이 될 수 없으면 모델을 키우는 사람이 되면 되는 거고……."

엄마 말발을 누가 당할까. 내가 별로 신통한 반응을 보이지 않고 돌아서자 엄마는 내 등에다 대고 말했다.

"엄마 친구 아들 중에 고등학교 때 10센티 큰 애도 있어. 군대

가서도 큰다더라. 남자애들은 언제 클지 모르는 거야."

집안 내력 때문에 내 키가 작은 거라고 걱정하던 엄마가 나한테 위로랍시고 말했다.

"엄마가 하는 그 거짓말 진짜야?"

나는 엄마를 쳐다보며 콧잔등을 찡그린 채 장난스레 물었다. 엄마가 소리 없이 웃었다. 하루 종일 피곤했을 엄마 속을 더 긁어서 좋을 건 없었다.

토요일 오후, 중간고사 대비 특강이 끝나고 도기 녀석과 만나기로 한 편의점에 먼저 가서 기다렸다. 녀석도 내가 이 넌씩이나 일요일 아침마다 농구를 했다는 걸 알고 있었다. 물론 그게 순전히 성장판을 자극하기 위해서라는 목적은 알 리 없겠지만 말이다. 하지만 네깐 게 배워 봐야 그저 그렇지, 라고 생각하는 듯 녀석은 내 실력을 얕봤다. 오늘 제대로 본때를 보여 줄 거다.

내가 컵라면을 거의 다 먹었을 때 도기가 편의점 안으로 들어왔다.

"가자."

녀석은 아예 운동복 차림이었다. 빙글빙글 공을 돌리고 선 녀석에게 물었다.

"어디로?"

"공원으로 가자. 거기도 골대 있거든."

"거긴 복잡하니까 학교로 가자."

"학교까지 왜? 공원이 훨씬 가깝고 편한데."

녀석이 고집을 피웠다. 지금 누구 때문에 토요일 오후의 이 귀한 시간을 날리는 건데 싶었지만 굳이 못 갈 것도 없었다. 그런데 어딘가 모르게 찜찜했다. 공원은 할머니가 '노는' 장소고, 또 시연이네 집도 공원 근처 빌라였다. 쓸데없는 구경거리를 만들고 싶지 않다고나 할까. 녀석과 단둘이 뛰는 건데, 누가 봐도 그림으로 치면 내가 불리했다.

나는 녀석과 거리를 두고 걸었다. 내가 세운 나름의 철칙을 지키는 거였다. 편의점에서 200미터 거리에 있는 사거리를 건너 100미터만 가면 체육 공원이었다. 공원은 꽤 넓었다. 운동기구들이 쭉 늘어선 트레이닝 구간과 배드민턴장, 우레탄을 깔아 놓은 미니 농구장도 있었다. 공원 한가운데 봉긋하게 솟은 동산엔 소나무가 우거져 있고, 멋진 팔각지붕의 정자도 있었다. 이곳은 여름내 밤마다 사람들로 북적였다. 나도 학원 수업이 끝나고 집에 곧장 들어가기 싫을 땐 바람도 쐴 겸 공원을 거닐었다. 그러다 친구들과 노는 시연이를 몇 번 보기도 했지만, 번번이 시연이를 피해 공원을 빠져나왔다.

그런데 공원으로 들어서는 순간, 염려했던 상황이 눈앞에 벌어졌다. 김시연이 하필이면 농구 골대 근처 등나무 아래 벤치에 친구와 나란히 앉아 있었다. 시연이는 뭐가 좋은지 키득거리며 휴대전화를 들여다보고 있었다. 순간, 그냥 돌아가 버릴까 생각했다. 시연이 앞에서 꺽다리 도기 녀석과 붙어서 키 재기라도 해야 하나? 눈앞이 캄캄했다.

"야, 뭘 꾸물거려. 다른 사람들이 골대 차지할지도 모르는데."

녀석은 내 팔꿈치를 툭 치며 큰 소리로 말했다. 그 소리에 김시연이 고개를 들어 우리 쪽을 쳐다보았다.

"야, 김시연. 넌 여기 웬일이냐?"

도기는 아무렇지도 않게 시연이에게 말을 걸었다.

"그러는 너네는? 어쭈, 농구공까지."

시연이는 솔직하고 활달한 애였다. 남자들 앞이라고 얌전을 빼지 않았다. 도기와 두어 걸음 떨어져 서 있는 나한테 시연이가 반갑다는 표시로 손을 번쩍 들어 보였다.

"우리 여기서 한판 할 건데."

"그래? 그럼 우리 구경해도 괜찮지? 관중이 없는 것보단 있는 게 훨 낫지 않냐?"

"그럼 좋지."

녀석이 흔쾌히 대답했다.

"규환아, 괜찮지?"

시연이가 웃으며 내게 물었다.

"나야 뭐."

시연이 앞에서 인상을 구길 순 없었다.

녀석과 나는 농구 코트 한가운데에 마주 섰다. 해가 기우는 오후의 농구장에 비스듬히 엇갈려 선 두 개의 그림자. 길쭘하고 몽땅한 두 개의 그림자만으로도 벌써 기분이 상했다. 이 굴욕은 당해 본 자만이 안다.

"김규환, 박도기, 파이팅!"

시연이가 주먹 쥔 손을 흔들며 응원을 보냈다.

우리의 게임은 그렇게 시작됐다. 시작을 알리는 호루라기 소리도 없이, 오로지 시연이의 파이팅이라는 외침을 신호로. 제한 시간 없이 열 개의 골을 먼저 넣는 사람이 이기는 게임이었다. 골대는 하나. 단독 드리블과 방어, 슈팅만이 있을 뿐이다. 워킹 트랙을 따라 공원을 빙 돌며 걷는 사람들이 꽤 많았다. 사람들은 지나가면서 우리 쪽을 한 번씩 쳐다봤다. 도기는 그야말로 더위 먹은 개처럼 헉헉거리며 나를 방어하기에 바빴다. 그렇다고 골을 넣기가 쉬웠나? 역시 팔다리의 길이가 나보다 우월한 녀석을 따돌리는 게 쉬운 일은 아니었다. 그래도 플로터슛은 멋지게 성공했다. 녀석은 이를 악물고 나를 쫓았지만 골 결정력이 부족했다. 내가 슛을 성공시킬 때마다 여자애들은 소리를 질렀다.

결과는 보나 마나 나의 승리! 그것도 네 골 차이로 멋지게 승!

도기와 나는 코트 바닥에 드러누웠다. 거친 숨이 좀처럼 진정되지 않았다. 하늘이 빙글빙글 돌다가 제대로 보일 때쯤 내가 먼저 자리에서 일어났고, 도기의 손을 잡아 일으켜 세웠다. 진정한 승리자는 이래야 한다는 걸 어디서 배우기라도 한 것처럼.

"역시! 규환이 살아 있네!"

시연이가 벤치에서 일어나 박수를 보냈다. 거기까진 좋았다.

도기가 벤치에 걸터앉아 거친 숨을 고르고 있을 때, 나 역시 거친 숨을 몰아쉬며 멀리로 눈길을 돌렸을 때 정자와 우리가 앉아 있는 벤치 딱 중간쯤 거리에 내 시선이 멎었다. 내 이럴 줄 알았다. 분명히 공원 어딘가에 할머니가 있을 거라는 생각이 도기와 시합을 벌이는 중에도 머릿속을 떠나지 않았었다. 게임이 끝나자마자 시연이에게 한번 멋지게 웃어 주고 산뜻하게 이 자리를 떠났어야 했는데…….

멀리서도 할머니는 눈에 띄었다. 게다가 할머니 옆에서 발발거리며 걷고 있는 도도까지. 그 주변에 모여 있는 사람들은 할머니와 도도를 따라 천천히 이쪽 방향으로 걸어오고 있었다. 나는 제발 시연이나 시연이의 친구나 도기가 할머니 쪽을 보지 않기를 바랐다. 거리는 점점 가까워지고 있었다. 할머니가 다시 정자 쪽으로 가지 않는 한 내가 숨을 만한 곳은 어디에도 없었다.

"어머, 고슴도치 할머니다. 저기 봐, 고슴도치."

할머니를 발견한 시연이가 자리에서 일어나며 친구의 팔을 끌었다. 길 가운데 멈춰 서서 뒷짐을 진 채 도도를 살피고 있는 할머니 손엔 도도를 넣고 다니는 플라스틱 통이 들려 있었다. 도도는 사람들이 길을 막아 버린 탓에 어찌할 줄 몰라 우왕좌왕하고 있었다.

"우리 애기 이쁘죠? 아주 영특한 놈이랍니다. 요놈이 글쎄 사람 말을 기가 막히게 알아들어요."

할머니 목소리가 들렸다.

"고슴도치를 밖에서 보는 건 처음이네."

"할머니가 훈련을 아주 잘 시키셨나 보네요."

"아유, 신기하네, 신기해. 정말 사람 말을 알아들어."

도도가 길을 벗어나려다 할머니 말에 제 길을 찾아들자 사람들이 한마디씩 했다. 시연이는 아예 그 앞에 쪼그리고 앉아서 도도를 향해 휴대전화 카메라를 들이댔다. 할머니는 그런 시연이에게 포즈까지 잡아 주고 있었다. 연방 찰칵거리는 소리가 들렸다.

"저 난쟁이 할머니, 이 공원 명물이야. 할머니랑 고슴도치랑 닮았잖아."

"뭐?"

내 목소리가 올라갔다. 안 그래도 신경이 곤두서 있는데 도기의 말에 순간적으로 꼭지가 돌았다.

"너는 사람이 고슴도치로 보이냐?"

"너 오늘 좀 이상한 거, 아냐?"

"그래 짜샤. 나 원래 이상한 놈인 거 몰랐냐?"

나는 녀석의 턱밑에 바싹 다가서서 소리를 질렀다. 나도 모르게 주먹이 꽉 쥐어졌다. 지나가던 사람들이 우리를 쳐다봤다. 할머니와 김시연도 내 꼴을 보고 있을 거라 생각하니까 뒤통수가 뜨겁게 달아올랐다.

"너 오늘 김시연 앞에서 나 이겼다고 지금 기가 살아서 설치는 거냐? 고슴도치 할머니가 명물이라고 말한 게 뭔 잘못이라고. 또라이같이."

하마터면 녀석의 턱주가리에 주먹을 날릴 뻔했다. 주먹 쥔 내 손이 부르르 떨렸다.

"야, 김규환, 박도기, 너네 왜 그래?"

어느새 내 옆으로 온 시연이가 소리를 질렀다. 나는 그때 봤다. 할머니가 우리 쪽으로 다가오는 것을. 순간 온몸에 가시가 돋는 것처럼 내 몸이 빳빳해졌다. 마치 내 발길에 걷어차여 몸을 공처럼 말고 가시를 세우던 도도처럼.

"아이고, 규환아. 친구랑 왜……."

왜 친구와 소리를 질러 가며 싸우느냐는 말일 거였다. 할머니는 말을 다 끝맺을 새도 없이 잰걸음으로 쪼르르 달아나는 도도를 따라갔다. 도도를 잃어버릴까 봐 안절부절못하는 품새였다. 도기 녀석이 할머니의 뒷모습을 보며 픽 웃음을 흘렸다. 모든 사람들의 시선이 할머니에게로 향한 것 같았다. 발발거리며 우레탄 트랙을 달려가는 도도와 녀석을 뒤쫓는 할머니의 뒤뚱거림은 충분히 사람들의 구경거리가 되고도 남았다.

"저 할머니가 너네 할머니였어?"

시연이가 놀란 눈으로 물었다. 나는 긍정도 부정도 할 수 없었다. 나는 도기의 가슴팍을 확 밀어젖힌 뒤 돌아서서 빠르게 걸었다. 할머니와는 반대 방향이었다. 내 머릿속에서 뒤로 밀려난 할머니와 도도가 슬로모션으로 그려졌다. 김시연과 박도기가, 지나가는 사람들이, 아주 느리게 밀려나는 것 같았다.

오늘 같은 날이 올 줄 알았다. 걸음을 빨리할수록 손에서 식은 땀이 났다. 쥐구멍이라도 있으면 들어가고 싶었다. 할머니가 부끄러운 게 아니라, 할머니를 외면하고 돌아서는 나 자신이 부끄러웠다. 이런 내 모습을 뚫어지게 보고 있을 김시연 때문에 몸이 오그라드는 것만 같았다.

하지만 나는 걸음을 멈추지 않았다. 주먹을 꽉 쥔 채 앞만 보며 걸었다. 나도 모르게 눈앞이 뿌옇게 흐려졌다.

"야, 김규환, 어디 가?"

시연이가 소리 높여 내 이름을 불렀다.

이 경 혜 … 저주의 책

너는 아무리 잘난 척해도 소용없다.
너에게는 미래가 없다.
너의 남은 인생은 시궁창, 블랙홀,
콜타르처럼 찐득거리는
더러운 오물이 흐르는 강일 것이다.
잊지 말아라, 그 사실을, 한순간도.

공책을 펼치면 첫 장에 적혀 있는 말이다. 검은색 표지에는 은색 글씨가 빛나고 있다.

저주의 책.

고등학생인 지금의 눈으로 보면 솔직히 좀 유치해 보인다. 하지만 지금도 나는 가끔씩, 그러니까 내가 나에게 퍼부어진 저주를 잊고, 조금이라도 파르스름한 희망을 품을 때마다, 이 공책을 펼치고, 자신에 대한 저주를 새로이 퍼붓곤 한다. 저주의 힘으로 살아가는 나, 온통 저주받은 존재인 나, 그런 내가 고작 '나의 콤플렉스'라는 시시한 작문 숙제 하나로 끙끙 앓고 있다니.

지난주에 작문 선생님이 말했다.

"이번 작문 숙제 제목은 '나의 콤플렉스'다. 자기 자신에게 가장 문제가 되는 콤플렉스를 쓴다. 가장 깊은 상처를 써도 좋다. 분량은 A4 두 장 이상. 나와서 발표할 거니까 거짓말이나 장난으로 써 오는 일은 없도록."

그냥 글로 써내는 것만이 아니라 발표까지 해야 하는 숙제다. 아이들은 우우, 소리를 질렀지만 딱히 불만인 것 같지는 않았다. 일단 쓸 게 많잖아, 뒷자리의 기철이 말하자 아이들 몇이, 맞아, 맞아, 하며 킥킥 웃었다. 나는 웃을 수 없었다. 큰 돌덩이 하나가 가슴에 얹어진 것만 같았다. 일주일 내내 끙끙거렸지만 결국 숙제를 하지 못했다. 작문 시간은 내일로 다가왔는데 숙제는 가슴 속에서 암 덩어리처럼 자라났을 뿐이다. 컴퓨터 앞에 앉은 채 몇 시간째인가. 머릿속은 그저 하얗기만 하다.

나는 얼굴이 검다. 그것이 나의 콤플렉스다.

간신히 한 줄을 써 놓고 보니 내 눈에도 가증스럽다. 내가 이렇게 말하면 아이들이 얼마나 비웃는 표정을 지을지 눈에 선하다. 거품을 물고 쓰러져 버둥대는 내 모습을, 저절로 인상을 찡그리게 하는 내 몸의 냄새를 너무도 잘 알고 있는 그 애들 앞에서 내가 도대체 무얼 콤플렉스라고 내밀며 시치미를 뗄 수 있을까. 그렇다고 애들이 다 알고 있는 내 몸의 저주를 그 애들 앞에서 다시 강조할 자신은 더더욱 없다. 아이들이 모두 그걸 알고 있다 할지라도 그것만은 할 수 없다.

'저주의 책'을 처음 만들던 날이 떠오른다. 중학교 2학년 초여름의 어느 체육 시간이었다. 뇌전증, 내가 그런 끔찍한 병에 걸렸다는 건 이미 초등학교 6학년 때 알았다. 그래도 그때까지 학교에서 발작을 일으킨 적은 없었다. 그래서 내 병을 아는 건 부모와 담임뿐이었다. 갑자기 길에서 쓰러진 나를 발견했던 익명의 사람들을 제외한다면.

그런데 그날, 처음으로 나는 친구들 앞에서 쓰러져 자신은 기억도 할 수 없는 퍼포먼스를 적나라하게 펼쳐 냈다. 의식이 돌아왔을 때 내 눈동자에 박힌 것은 나를 내려다보는 무수한 눈동자였다. 공포와 혐오로 가득 찬 아이들의 눈동자. 그것은 바로 전까지 나를 대하던 다정한 눈길이 아니었다. 그것은 미친개를 보는 눈길이었다. 나한테 반했다면서 하도 쫓아다녀 그 무렵 사귀기 시작했던 호준의 놀란 눈동자도 그 속에 끼어 있었다. 다른 아이들의 눈길과 다르지 않았다. 단지 더 크게 놀랐을 뿐.

나는 그길로 눈물범벅이 되어 집으로 돌아왔고, 그리고 여전히 눈물을 철철 흘리면서 공책에 저 말을 써넣었고, 검은 종이로 표지도 싸고, 제목까지 붙여 '저주의 책'을 만들었다. 그러면서 몇 번이고 다짐했다. 다시는 울지 않으리라. 저 글은 나에 대한 맹세였다. 절대로 자신에 대해 희망을 품지 않으리라는, 미래를 기대하지도 않으리라는.

나는 그날부터 세상에 벽을 쌓고 나만의 방으로 들어갔다. 꼬박꼬박 학교에 다녔지만 방에서 교실까지 이르는 그 길에는 보이지 않는 투명 터널이 세워져 있었다. 나는 그 터널을 통해 내 방에서 교실의 내 자리로 갔다가 다시 내 방으로 돌아오는 일만을 시계추처럼 반복했다. 아이들도 내 곁에 오지 않았다. 나는 어느새 유명 인사가 되어 있었다. 투명 터널 속을 홀로 지나며 등교하거나 하교하는 나를 아이들은 힐끗거렸다. 그러면서 자기들끼리 수군댔다. 어느새 그런 장면들은 내게 굳은살로 박여 나중에는 상처조차 되지 않았다.

어디선가 희망이라는 것이, 미래에 대한 나의 상상력을 비집고 모락모락 피어오를 때면 나는 고개를 흔들며 저 글을 떠올렸다.

너는 아무리 잘난 척해도 소용없다.
너에게는 미래가 없다.
너의 남은 인생은 시궁창, 블랙홀,
콜타르처럼 찐득거리는
더러운 오물이 흐르는 강일 것이다.

잊지 말아라, 그 사실을, 한순간도.

겨우 중2 때, 나는 어떻게 내게 가장 두려운 것이 희망이라는 것을 알았을까. 내가 끝없이 희망을 품으리라는 것을, 그러니 그런 것이 솟아 나올 때 가차 없이 떡잎부터 잘라 내야 한다는 것을 어떻게 그때 벌써 알았을까. 그것은 내 마지막 남은 자존심이었고, 마지막으로 불러낸 오기였다.

고2에 올라올 무렵부터 내 몸에서는 악취까지 나기 시작했다. 전철이나 버스에서 옆에 섰던 사람이 인상을 찡그리며 자리를 옮기는 장면을 자주 보게 되고, 짝이 된 아이들이 하루 이틀을 못 넘기고 자리를 바꾸고(아마도 담임한테 하소연했을 것이다.), 그 탓인지는 알 수 없어도 아침에 오는 순서대로 자리를 정하는 방식이 실행되었고(어쩌면 담임은 차마 나한테 가슴 아픈 말을 대놓고 할 수가 없어서 그런 방법을 생각해 낸 것일까.), 마침내는 짝이 없이 혼자 앉게 되는 상황이 왔다. 나는 올 것이 왔다는 것을 알았다. 사춘기에 이르면 이 병은 액취증을 동반할 수 있다는 얘기를 이미 들어 알고 있었다. 그렇지만 그 비극만은 나를 비껴가길 간절히 바랐다. 그때까지 받은 천형만으로도 나는 간신히 버티는 거였으니.

어느 날, 엄마에게 물었다.

"엄마, 내 몸에서 역겨운 냄새 나지?"

엄마는 당황한 얼굴로 나를 보았다. 그래, 엄마한테야 내 냄새가 역겹지는 않겠지, 나는 다시 질문을 수정하여 물었다.

"나쁜 냄새 나잖아, 그치?"

엄마는 응, 하고 대답했다. 흐흐, 나는 웃었다.

"어느 정도야?"

엄마는 대답하지 않았다. 아니, 대답하지 못했다. 그래서 나는 그 냄새가 지독하다는 것을 알았다. 내 코는 내 몸의 냄새를 맡지 못했다. 이미 길이 든 것이었다.

그날도 나는 저주의 책에 적었다.

너는 이제 시궁창도 모자라 똥통에 처박혔다.
팔이 수백 개가 있는 신일지라도
너를 이곳에서 건져 내지는 못하리라.
저주받은 영혼이다, 너는.
잊지 말아라, 그 사실을, 한순간도.

다빈이 다가왔을 때도 내 온몸에서는 경계경보가 울렸다. 그 무렵 우리 반은 월요일마다 자리를 바꾸었다. 일찍 오는 순서대로 마음대로 짝을 정해 앉고, 일주일 뒤 다시 자리를 바꾸는 식이었다. 나는 월요일이면 누구보다도 일찍 학교에 가서 4분단 맨 뒤 구석 자리를 내 자리로 잡았다. 늦게 왔다가 자리가 없어 누군가의 옆에 가서 앉게 되는 일만은 피하고 싶었다. 똥 씹는 표정을 지을 게 분명한 누군가를 보는 일은 결코 유쾌하지 않을 테니까.

그랬는데 다빈이 다가와 "앉아도 되지?" 하고 묻더니 대답도 기다리지 않고 옆자리에 앉았다. 반 아이들이 모두 다정한 바퀴벌레 한 쌍들처럼 짝을 지어 앉아 있을 때, 나 혼자 옆에 빈 의자를 두고 앉는 것에 얼굴이 붉어지는 일 따위는 진작에 사라졌을 무렵이었다. 이제는 혼자 앉는 게 당연했고, 아무런 기대도 없었고, 그래서 외려 편했다. 그런데 다빈이 내 옆에 앉았다. 아이들이 우리 자리를 힐끔거리는 게 느껴졌다.

이건 뭐지, 얘는 왜 갑자기 내 옆에 앉는 거지, 동정인가, 착한 척하는 건가?

온갖 생각이 나를 괴롭혀 나는 종일 수업에 집중할 수 없었다. 내가 워낙 인상을 찌푸린 채 외면해서인지 그 애도 굳이 내게 말을 걸지 않았다.

종례가 끝나자마자 재빨리 가방을 메고 나서는 나를 다빈이 불렀다.

"규리야!"

내가 말없이 돌아보자 다빈은 쑥스러운 듯 미소를 지으며 말했다.

"우리 집 이사했어. 너랑 같은 아파트야. 저번에 너 봤어."

나는 대꾸도 없이 돌아서서 혼자 집으로 달려갔다. 다빈이 나를 붙잡기라도 할까 봐 겁이 난 사람처럼. 그래도 의문 하나는 풀렸다. 같은 아파트로 이사 와서 내 옆에 앉았나 보구나. 그렇더라도 내 모든 걸 다 알면서 냄새까지 나는 내 옆에 왜 앉을 생각을 했을까?

나는 그날도 '저주의 책'에 저주를 적어 넣었다.

너를 이용해 자신을 천사로 만들려는 자를 경계하라.

어떤 천사도 너의 악취는 견뎌 내지 못한다.

너는 악취를 뿜어내는 수렁이다.

네 옆에 오는 것들은 다 추악하고, 더러워진다.

저주받은 영혼이다, 너는.

잊지 말아라, 그 사실을, 한순간도.

다음 날 급식을 먹으러 갔을 때도 다빈은 멀찌감치 떨어져 앉은 내 앞에 와서 물었다.

"앉아도 돼?"

내가 대꾸하지 않자 다빈은 자리에 앉았다. 우리는 말없이 밥을 먹었다. 나는 밥이 코로 들어가는지 입으로 들어가는지도 알 수 없었다. 신경을 거스르는 것은 단지 다빈만이 아니었다. 그 애가 나에게 다가와 밥 먹는 모습에 식당에 있는 모든 아이들의 눈길이 표창처럼 날아와 박혔다. 밥도 다 먹지 않은 채 나는 식판을 들고 일어섰다. 그 애가 당황하여 나를 올려다보았지만 나는 돌아서 가 버렸다.

그날도 종례가 끝나자 바삐 달려 나가는 나를 다빈은 소리치며 쫓아왔다.

"규리야! 같이 가!"

내 얼굴이 새빨개졌다. 누가 봐도 우스운 광경이었다. 전교생이 다 아는 왕따인 나를 멀쩡한 다빈이 쫓아오고 있었으니. 나는 화가 치밀어서 걸음을 멈추고 기다렸다. 벌써 아이들의 눈길이 느껴졌다. 다빈에게 뭐라고 퍼붓고 싶었지만 아이들의 구경거리가 되기 싫어 나는 천천히 걸어 학교를 나섰다. 다빈은 말없이 함께 걸었다. 교문을 빠져나가 둘만 있게 되었을 때, 나는 그 애를 보며 말했다.

"대체 왜 이러는데?"

"뭘?"

내 까칠한 질문에 그 애는 천진스런 얼굴로 물었다.

"넌 코도 없니? 내 악취가 안 맡아져?"

나는 일부러 돌직구를 날렸다. 그러자 다빈은 배시시 웃으며 말했다.

"난 축농증이라 냄새 잘 못 맡아."

나는 어이가 없어 그만 피식, 웃고 말았다. 그 틈을 얼른 다빈이 비집고 들어왔다.

"그러니까 난 아무렇지도 않아. 규리야, 집에 같이 가자."

나는 다시 웃음을 얼굴에서 거두었다.

"정다빈, 잘 들어! 네가 그러면 내가 껌뻑 죽으며 감동의 눈물이라도 흘릴 줄 알았니?"

내 말에 다빈의 얼굴이 붉어졌다.

"규리야, 그런 게 아니란 거 잘 알잖아? 그냥 나는 집도 근처고 하니까……."

"그래? 그러면 분명히 말해 줄게. 나는 혼자 가고 싶어. 자리도 혼자 앉는 게 좋아. 다음번에 자리 바꿀 때는 다른 자리로 가 주기 바래."

그렇게 집에 온 나는 저주의 책에 다시 저주를 덧붙여 써넣었다.

저주받은 영혼은 저주받은 영혼답게 처신하라.
그 누구에게도 너의 어깨를 내주지 말라.
너 역시 그 누구의 어깨에도 기대지 말라.
그 어깨는 반드시 떠나간다.
그때 너는 처참하게 쓰러지고 말 것이니.
저주받은 영혼이다, 너는.
잊지 말아라, 그 사실을, 한순간도.

일주일 뒤 자리를 바꿀 때까지 우리는 말 한마디 나누지 않은 채 학교생활을 했다. 급식을 먹을 때도 나는 다시 구석 자리에 홀로 앉아 먹었다. 편했다. 쓸쓸하지 않았다. 다빈이 내 곁에 다가올 때마다 아이들의 눈길도 같이 몰려오는 것을 나는 견딜 수 없었던 것이다. 나는 투명 터널 속에서 보호받고 싶었다. 내 자신까지 투명인간이 된 듯.

그리고 다음 주 월요일, 다빈은 다른 아이의 옆자리로 가서 앉았고, 내 옆자리는 늘 그랬듯 빈 채로 남았다. 나는 겨우 나의 평화를 되찾았다. 그러나 그날 집에 가서 가방을 푸는데 다빈이 집어넣은 편지가 나왔다.

규리야, 너와 이 사람들은 공통점이 있어. 도스토옙스키, 쇼팽, 고흐, 바이런, 차이콥스키, 애드거 앨런 포, 루이스 캐럴, 플로베르, 알렉산더 대왕, 시저, 나폴레옹, 피터 대제, 성 바오로, 노벨, 피타고라스, 소크라테스…… 놀랍지? 너를 좋아하는 내 마음이 찾아낸 사람들이야. 너는 또 화를 낼지도 모르지만 너한테 꼭 말해 주고 싶었어. 안녕.

이 사람들이 다 나와 같은 병을 앓았나? 놀랍긴 했다. 도스토옙스키 정도는 알고 있었지만. 그래도 나는 기분이 나빴다. 재수 없는 년, 나는 그렇게 말하며 그 애의 편지를 쫙쫙 찢어 쓰레기통에 던져 버렸다. 내 평화는 비로소 완전해졌다.

나는 작문 숙제를 포기했다. 한 줄 써 놓은 것도 DEL 키를 눌러 지워 버렸다. 컴퓨터를 끄고, 자리에 누웠다. 지금껏 십일 년째 학교를 다니고 있지만 나는 숙제를 안 해 간 적이 한 번도 없었다. 내가 보통의 학생이었을 때는 보통의 학생이라 그랬고, 아픈 뒤에는 오기로 더 그랬다. 내게 모든 게 무의미하기 때문에 오히려 나는 악착같이 성실한 학생의 일과를 수행하려 애썼다. 더 이상 눈에 띄고 싶지 않아서 그러기도 했다. 이미 나는 충분히 눈에 띄는 존재였다. 무엇이든 지적받는 일은 피하고 싶었다. 그런데 내일 나는 어떤 식으로든 주목받게 되어 있었다. 숙제를 해 가면 해 간 대로, 못 해 가면 못 해 간 대로 아이들은 내 속의 갈등을 제 맘대로 짐작해 뒷말들을 할 것이다. 그 생각을 하니 짜증이 울컥 치밀었다. 거기다 다른 아이들의 그 해맑고, 건강한 콤플렉스들을 아무렇지도 않은 척 들으며 앉아 있을 생각을 하니 몸서리가 쳐졌다. 나는 억지로 눈을 붙였다. 내일 생각하자, 모든 건 내일 생각하자.

아침이 오자 나는 도살장에 끌려가는 마음으로 집을 나섰다. 늘 걷던 골목길, 늘 보던 시장통, 늘 보던 거리의 자동차들……

모든 것이 무의미하고, 지루해 보였다. 음울한 음악이 흐르는 영화 속 장면이나 흑백 사진으로 찍은 몇십 년 전 도시 풍경을 보는 것만 같았다.

전철에 올랐다. 난 늘 그래 왔듯 사람들이 없는 쪽에 기대어 섰다. 누군가 내 옆에 서면 다시 자리를 슬며시 옮겼다. 늘 그래 왔듯.

전철은 곧 지하를 빠져나가 한강 다리 위로 올라섰다. 다리 밑으로 보이는 한강은 흐린 날씨 탓에 우울한 회색이었다. 나는 물끄러미 한강을 내려다보았다. 오리 몇 마리가 둥둥 떠다니는 모습이 보였다. 학교에 가기 싫었다.

내가 무서워하는 건 하루쯤 학교에 안 가는 게 아니었다. 내가 무서워하는 건 이미 내 몸에서 소르르 새어 나가고 있는 '그 무엇'이 한꺼번에 주르르 빠져나가는 것이었다. 그게 무엇인지는 나도 정확히 몰랐다. 하지만 지금 막아 내지 않으면 안 된다는 것만은 알았다. '그 무엇'이 다 빠져나가면 나는 세상의 어떤 것에도 흥미를 느끼지 못하게 되리라. 그렇게 되면 살아도 산다고 할 수 있을까. 나는 그냥 무기력한 폐인으로서 방구석에서 썩어 가겠지. 어쩌면 나는 '그 무엇'이 그렇게 한꺼번에 빠져나가지 못하게 하기 위해 지금껏 악착같이 학교를 다니고, 악착같이 숙제도 해 갔는지 모른다. 그러나 그런 두려움조차도 오늘 학교에 가기 싫은 마음을 억누르지는 못했다. 작문 시간을 견뎌 낸다는 게 내게는 고문과도 같았다.

다리를 건너자 나는 전철에서 내렸다. 학교까지 가려면 네 정거장을 더 가야 했다. 나는 반대편의 전철을 탔다. 어디로 가야 할지 몰랐다. 투명 터널 밖으로 나서니 나는 수족관을 떠난 물고기처럼 어쩔 줄을 몰랐다. 지금쯤 집에는 아무도 없겠지. 갈 데가 없는 나는 집으로 돌아가기로 마음먹었다.

예상대로 집에는 정적만이 흐르고 있었다. 늘 머무르던 집이 새삼스레 낯설었다. 이런 마음은 처음이었다. 나는 가방도 집어던진 채 침대에 누웠다. 담임에게 문자를 보냈다. 몸이 안 좋아 결석한다고 썼다. 담임은 수업 중인지 답이 없었지만 뇌전증 환자인 나를 의심하지는 않을 것이다. 집으로 전화할까 봐 연락한 것은 아니었다. 이렇게라도 해 놓지 않으면 내가 영원히 학교로 돌아가지 않는 선택을 하게 될까 겁이 나서 그런 것이었다. 나는 언제나 내 자신이 가장 두려웠다. 간신히 붙잡고 있는 이 삶의 밧줄을 아무렇지도 않게, 태연히 놓아 버릴까 봐 늘 두려웠다. 문제가 될 건 없었다. 그냥 하루 푹 쉬고, 아무 일 없는 듯 학교로 돌아가면 작문 시간은 지나가고, 나는 다시 안전한 투명 터널 속에서 예전과 같은 생활을 할 수 있을 것이다.

그런데 어쩐지 그럴 수 없을 것 같은 불안감이 스멀스멀 피어올랐다. 자꾸 눈물이 치솟으려 해서 나는 자리에서 일어났다. 울면 안 된다. 나는 절대로 울지 않기로 맹세했다. 울어선 안 된다. 그러면 나는 정말 불쌍한 인간이 되고 만다. 운명이 나를 불쌍한 인간으로 만들려고 기를 쓰고 덤빌지라도 나는 자신을 그렇게 내버려 두고 싶지 않았다. 내가 나를 저주할지언정 질질 짜는 불쌍한 인간이 되게 할 수는 없지 않은가? 그것이 내 마지막 삶의 의지였다.

나는 책상에 앉아 '저주의 책'을 다시 펼쳤다. 그러나 더 이상 아무 말도 보태 쓸 수 없었다. 나는 가방에서 교과서를 빼고, '저주의 책'을 넣었다. 혹시 몰라서 세면도구도 챙겼다. 어디로 가겠다는 생각도 없었다. 일단 집을 빠져나가고 싶었을 뿐이다. 외출복으로 갈아입고, 묶었던 머리도 풀었다.

거울을 보니 어두운 표정의 한 여자가 서 있었다. 사복을 입고 나가면 아무도 나를 여고생으로 보지 않았다. 입이 매운 것을 자랑으로 알던 담임이 던졌던 말도 떠올랐다. 넌 어린게 왜 그렇게 어둡니? 널 보고 있으면 네 옆의 공기까지 까맣게 물드는 것 같다니까. 물론 학년 초, 내가 아직 학교에서 퍼포먼스를 벌이기 이전의 일이었다. 담임은 우리 학교에 새로 온 사람이라 그때까지 아무것도 몰랐다. 그러나 일단 퍼포먼스를 벌이고 나면 누구도 나에게 대놓고 말하지는 못했다.

집을 나와 은행 입출금기에서 모아 둔 돈 29만 원을 찾았다. 내가 대체 무슨 짓을 하려는 건지 나도 알 수 없었다. 단지 숨이 막혔다. 어디든 가서 숨을 쉬고 오고 싶었다. 그러자 갑자기 바다가 떠올랐다. 바다에 가서 굽이치는 파도를 보고 오면 다시금 나의 투명 터널 속으로 들어갈 의욕이 생길지도 몰랐다.

식구들과 함께 갔던 강릉 바다가 생각났지만, 아빠 차를 타고 갔으니 어떻게 가는지도 몰랐다. 핸드폰으로 '강릉 가는 법'을 검색해 보았다. 간단했다. 기차는 너무 오래 걸리니 터미널에 가서 고속버스를 타고 가면 된다고 했다. 세 시간이 채 안 걸리는 거리였다. 돌아오는 버스도 늦게까지 있었다. 가족이랑 여행하는 것 말곤 방구석에만 처박혀 있던 내가 혼자 멀리 여행을 하려니 덜컥 겁이 났다. 그러면서도 무언가 오랫동안 느껴 보지 못한 작은 흥분 같은 것이 전류처럼 온몸에 흐르기도 했다. 탈영병이나 탈옥수가 느끼는 감정이 이런 걸까.

평일 낮이어서인지 사람이 별로 없었다. 나는 뒤쪽 빈자리에 앉아 편안히 갈 수 있었다. 이어폰을 꽂고 음악을 들었다. 막상 버스에 몸을 실으니 오히려 마음이 편해졌고, 겁도 사라졌다. 뭐든 저지르고 나면 별거 아냐, 하고 말했던 건 정학을 밥 먹듯이 당하던 중학교 때 우리 반 일진 미나였다. 올라오는 차표도 사 두었으니 든든했다.

시계를 보니 지금이 딱 작문 시간이었다. 아이들은 얼굴이 안 예쁘다든가, 키가 작다든가, 공부를 못한다든가, 부모님이 이혼을 했다든가, 집이 어렵다든가, 그런 것들을 '나의 콤플렉스'라며 발표하고 있겠지. 아무렇지도 않았다. 내가 그 자리에 있지 않아도 된다는 사실만이 너무 좋았다. 별거 아니었다. 이러면 되는 일이었다. 삶에는 때로 도망칠 수 있는 일도 있는 법이다. 모든 일에 무조건 맞서서 싸우고, 이겨 내야만 하는 것은 아니었다. 나는 상쾌했다. 내 앞에 무엇이 기다리고 있든 나는 내가 있기 싫은 시간과 공간에서 도망쳤다. 나는 혼자 중얼거렸다. 도망치는 건 비겁하다고 말하는 사람들은 평생 감옥 속에서나 썩으라지.

강릉에 내리니 오후 4시가 다 되었다. 버스를 탔다. 안목항 커피 거리로 갈 생각이었다. 그런데 아무도 나를 모르는 낯선 곳에 왔다는 생각에 내가 좀 해이해졌나 보았다. 서울에서라면 사람이 많은지 잘 살펴보고 탔을 텐데, 무심코 먼저 오는 버스에 올라 버렸다. 빈자리가 없어서 나는 손잡이를 잡고 섰다.

얼마를 갔을까. 내 앞 의자에 앉은 아주머니가 나를 올려다보며 큰 소리로 말했다.

"이게 무슨 냄새야? 아이고, 지독하네."

얼굴이 확 달아올랐지만 나는 못 들은 척 창밖만 보며 서 있었다. 일행인 듯한 옆자리 아주머니가 얼른 대꾸했다.

"외국 사람인가? 외국 사람들은 저런 사람 많다잖아?"

아주머니들은 목소리까지 쩌렁쩌렁해서 다른 승객들도 나를 힐끔거리며 쳐다보았다.

"어휴, 저런 냄새 맡으면서 어떻게 살지? 난 머리가 다 지끈거리네."

"우리야 어림도 없지만 저 사람들끼리야 괜찮은가 보지."

그들은 정말로 나를 외국인이라고 생각했는지 거침없이 떠들어 댔다. 나는 진짜 동남아 사람인 것처럼 애써 태연한 표정을 지으며 서 있었다. 내 까무잡잡한 얼굴만 믿었다. 식은땀이 흘렀지만 버텼다. 그렇게 꿋꿋이 버텨 종점인 안목항에 내렸을 때는 그대로 바닥에 주저앉을 것만 같았다. 서울에서 그랬다면 아무 데서고 당장 내렸을 것이다. 아무렇지도 않게 힐끗거리며 말하던 그 뻔뻔스러운 아주머니들의 모습은 지나고 생각하니 조금 웃기기까지 했다. 냄새가 나는 건 사실이니까. 슬프기는 했지만 억울할 건 없었다.

바다에 도착하니 바람이 세서 그런지 파도가 거칠게 일었다. 나는 모래사장을 걸었다. 그런 수모를 겪었는데도 괜찮았다. 넓은 바다 앞에 서니 그깟 일, 아무것도 아닌 것처럼 여겨졌다. 일주일 동안 막혔던 숨구멍이 그제야 트이는 것 같았다. 높이 치솟았다 부서지는 파도, 하늘 위를 날아가는 우아한 갈매기, 발밑에 느껴지는 부드러운 모래, 끝없이 되풀이되는 파도 소리, 해변을 따라 줄지어 선 푸른 솔숲.

나는 한참 동안 가을 바다를 즐기며 걸었다. 그곳에는 들은 대로 예쁜 카페들이 많았다. 나는 무조건 가장 커다란 카페를 골라 들어갔다. 커피를 사 들고 3층으로 올라가니 다행히도 텅 비어 있었다. 아무도 없는 공간에서 바다를 보며 커피를 마시니 모든 불행이 사라지는 것만 같았다. 심지어는 '행복하다'는, 나와는 어울리지 않는 생각마저 파도 일듯 일렁였다. 창밖에는 푸른 바다와 하얀 구름이 펼쳐져 있었다. 가을 바다라 한산했다. 세상은 내가 웅크려 있던 곳이 전부가 아니었다. 내가 오갔던 그 투명 터널, 터널 밖에서 나를 힐끔거리며 수군대던 아이들, 그것만이 세상의 전부는 아니었다. 그 깨달음은 꿈 같았다. 아니, 나는 일부러 더 나를 그 감옥 속으로 집어넣지 않았던가. 어디서도 부서지기 싫었으니까. 그건 나를 지키는 방어의 행위였다. 그러나 이제 나는 지쳤다. 한편으론 그러는 동안 투명 터널 밖에 나와서도 다치지 않을 수 있는 힘이 나도 모르게 길러졌는지도 모른다. 아까 아주머니들의 끔찍한 말에도 나는 치명상을 입지 않았다. 그것이 증거 아닐까? 나는 달라졌다. 예전 같았으면 다시금 스스로에게 저주를 퍼부으며 죽고 싶은 충동을 간신히 달랬을 것이다.

그때였다. 익숙한 전조 현상이 찾아왔다. 귀에서 날카로운 소리가 울리고 가슴이 답답하고 온몸이 저려 왔다. 나는 얼른 주위를 둘러보았다. 저쪽 구석에 큰 화분이 보였다. 몸이 가려질 만한 곳이었다. 나는 얼른 그 자리로 갔다. 익숙한 암전이 곧 나를 덮쳤다.

눈을 떴다. 얼마나 시간이 갔는지 알 수 없었다. 그저 잠깐 눈을 감았다 뜬 것만 같았다. 그 사이에 3층까지 올라온 사람은 없었던 모양이다. 오랜만에 일어난 발작이었다. 내가 잠시라도 행복에 잠겼던 게 악마의 심사를 건드렸던가. 그 꼴을 눈꼴시어 못 보겠다는 듯 악마가 나를 다시 급습한 것인가.

습관처럼 입가의 침부터 닦아 내곤 바닥에 누운 그대로 창밖의 하늘을 올려다보았다. 저물어 가는 하늘빛이 아름다웠다. 그 하늘 위로 갈매기 몇 마리가 우아하게 날아갔다. 뇌전증은 듣기 좋게 부르는 이름일 뿐 그건 간질을 말했다. 증상 역시 과학적으로 설명하면 우아했다. 대뇌의 신경세포들이 갑작스럽고 무질서하게 과흥분되어 나타나는 신체 증상. 뇌의 특정 부위에서 전기적 스파크가 생기는 걸 보여 주는 컴퓨터 그래픽 동영상은 꽃처럼 생긴 신경세포 여기저기에서 빨갛게 불이 깜빡거려 크리스마스트리처럼 아름다웠다.

하지만 실제의 발작은 무섭고 추했다. 별안간 의식을 잃고 쓰러지면서 온몸이 뻣뻣해지고, 얼굴이 파랗게 된다. 호흡 곤란을 일으키며 눈동자와 고개가 한쪽으로 돌아간다. 잠시 후 팔다리를 떨고, 입에 침과 거품을 물고, 소변이나 대변을 지리기도 한다. 더욱 무서운 것은 당사자가 자신이 한 행동을 전혀 기억하지 못한다는 사실이다. 내가 어떤 추한 모습을 보였는지 정작 나는 알지 못했다. 그저 일반적인 증세를 짐작할 뿐이다.

약을 먹는 탓인지 아직은 소변이나 대변을 지리지는 않았다. 그건 흔적이 남을 테니 알 수 있었다. 깨어나면 입가에 침 자국이 남아 있긴 했다. 뜻하지 않은 곳에서 발작을 만났다 깰 때면 나는 둘러싼 사람들의 눈길을 피해 얼른 침부터 닦아 냈다. 그리고 화난 사람처럼 말없이 그 자리를 뜨곤 했다. 다행히 오늘은 이런 안전한 곳에서, 구경꾼도 없이 그 의식을 치러 냈다.

나는 누운 채 생각에 잠겼다. 오랫동안 피해 왔던 질문들이었다. 내가 산다는 것은 무엇을 뜻할까, 악취를 풍기면서, 발작을 하면서 굳이 바득바득 살아야 할까. 나 같은 사람을 누가 사랑할 수 있을까? 그러니 결혼인들 할 수 있을까? 일반적인 직장에 취직도 어려울 것이다. 그렇다고 뾰쪽한 다른 재주도 없다. 얼굴이 예쁜 것도 아니고, 예술적 재능이 있는 것도 아니다. 그냥 사는 거, 숨 쉬고, 의미 없이 사는 거, 그걸 견뎌낼 수 있을까, 과연 내가?

그때 계단에서 발소리가 났다. 나는 얼른 몸을 일으켜 내 자리에 가서 앉았다. 아르바이트 학생인지 대학생처럼 보이는 여자가 올라와 전등불을 켜곤 내려간다.

어느새 어둠이 내리기 시작했다. 바다가 저물어 가는 모습은 매혹적이었다. 아래를 내려다보니 항구에 정박해 있는 배들이 보였다. 바닷물 위에 일렁이는 불 켜진 배의 그림자가 신비로웠다. 불빛이 있으니 그곳에도 다른 세상이 있는 것 같았다. 기억할 수 없는 그 순간, 발작과 함께 떠나는 다른 세상은 어떤 곳일까, 그 시간 동안 내 영혼은 어디를 헤매고 다니는 걸까. 나는 잠시 다른 세상에라도 갔다 오는 걸까? 이 태양계가 아닌 안드로메다 성운의 어떤 별에라도?

처음 '저주의 책'을 만들 무렵, 그때는 정말 죽고 싶다는 생각에 시달렸다. 그것은 모든 고통을 끝낼 수 있다는 달콤한 유혹이었다. 엄마 아빠도 걱정되고, 나 역시 그럴 용기도 없었지만 무엇보다도 내게는 그렇게 지기는 싫다는 오기가 있었다. 저 하늘의 어떤 존재가 나를 몰아가는 대로 몰리기 싫었다. 그가 몰아가는 대로 몰리다가 내 스스로 절벽에서 뛰어내리는 역할은 맡고 싶지 않았다. 그가 그럴 줄 알았다며 껄껄 웃는 꼴을 보기 싫었다. 최악의 경우 그가 등을 떠밀어 절벽에서 떨어지는 한이 있더라도.

그 시기가 지난 다음엔 다시 그런 충동에 시달리지는 않았다. 저주를 퍼부어서라도 내가 내 인생에 기대를 하지 않는다면, 실망할 리도 없을 거라는 전략 덕을 보았는지도 모른다. '저주의 책'이 역설적으로 나를 살린 것이다. 나는 새로운 저주를 써넣기 위해 '저주의 책'을 펼쳤다.

저주받은 영혼도 바다에는 갈 수 있다.

힘들 때면 바다로 가라.
그의 어깨는 그 누구도 피하지 않으니.
그의 어깨는 결코 사라지지도 않으리니.

나는 거기서 잠시 멈추었다. 언제나 후렴처럼 붙이던 말, '저주받은 영혼이다, 너는. 잊지 말아라, 그 사실을, 한순간도.'를 이번에는 바꾸어 썼다.

저주받은 영혼이다, 너는.
그러나 잊어도 좋다, 그 사실을, 한순간쯤은.

그까짓 말 한마디가 무엇일까? 그런데도 나는 내 자신에게 허용한 그 작은 여유에 코끝이 시큰했다. 나는 잊지 않을 것이다. 내가 저주받은 존재라는 것을. 그러나 한순간쯤은 잊기도 할 것이다. 내가 저주받은 존재라는 것을. 어쩌면 그런 순간, 다빈의 옆자리에 내가 가서 앉을 수도 있을까.

올라가는 버스는 7시 차였다. 나는 '저주의 책'을 가방에 넣고, 자리에서 일어났다.

이 책을 읽고자 하는 청소년 여러분에게 … 콤플렉스의 밀도

여러분은 국어 시간에 문학작품을 읽고 해답을 찾아내는 활동에 익숙해 있습니다. 하지만 문학은 해답이 아니라 질문입니다. 더 정확히 말하자면 굳이 하지 않아도 되는 질문이지만 결국에는 할 수밖에 없게 되는 질문인 것입니다. 문학은 질문의 형태를 띠고 있기에 작품을 읽고 난 뒤 독자들에게 남는 것은 "그렇다면 인간이란 무엇인가? 삶이란 무엇인가?"라는 질문이지 인간과 삶에 대한 하나의 해답이 아닙니다.

물론 이런 질문에 지금 당장 응답하지 않아도 괜찮습니다. 사는 데 별 지장도 없고, 당면한 입시에 도움이 되는 것도 아니기 때문입니다.

그러나 억압된 것은 반드시 회귀합니다. 제대로 응답하지 않고 덮어 두고 간 질문들은 여러분이 어른이 되고 난 후에도 언제든지 되돌아와 더 아프게 두드릴 것입니다. 마치 같은 수두라도 어른이 되어 앓는 것이 어렸을 때 앓는 것보다 훨씬 더 아픈 것처럼 말입니다.

사람이 성장하는 데 있어 기기, 걷기, 말하기 같은 특정한 행동이 발달되는 '결정적 시기'가 있다고 합니다. 이 시기를 놓치면 다음 시기에 이런 발달과업이 보완되기 어렵다는 거지요. 이처럼 여러분이 성장하는 데 있어서도 특정 시기에 반드시 응답하고 넘어가야 하는 질문들이 있습니다. 어린 시절에는 어린 시절 나름의 질문, 청소년기에는 청소년기 나름의 질문 말이지요.

청소년기에는 나와 이 세상, 그리고 삶에 대한 질문이 폭발적으로 늘어납니다. 자아와 세계가 완전히 분리되면서 몸의 성장과 함께 자아의 확대가 급격하게 일어나기 때문이지요. 자아와 세계가 분리되면 나를 객관적으로 볼 수 있게 됩니다. 이제 더 이상 내 꿈은 대통령이라고 하지 않고 이 세상에서 내가 가장 잘생기고, 예쁘다는 부모님의 말을 믿지 않게 됩니다. 그리고 어떤 일을 하면서 평생을 살아야 하나에 대한 궁금증과 두려움도 구체적인 형태를 띠게 되지요.

이렇게 나의 정체성에 대한 질문이 늘어나고 호르몬의 영향으로 몸과 마음이 질풍노도를 겪다 보면 유년기에 다른 사람들과 맺었던 관계의 재설정이 일어납니다. 또한 미래와 진로에 대한 고민도 깊어지고, 타인과 나를 비교하며 느끼게 되는 열등감도 매우 커집니다. 그래서 문학작품을 읽는다는 것은 청소년들에게 아주 중요한 일입니다. 문학은 인간학이라는 말이 있을 만큼 작가들은 이런 문제에 천착하고 있기에, 문학작품을 읽는 것만으로도 큰 힘이 되기 때문이지요.

긴 인생을 살아가는 동안 고차방정식보다 더 어려운 삶의 문제들을 만나게 될 겁니다. 문학작품이 인생의 시뮬레이터는 아니지만, 문학작품이 던진 질문에 대한 답을 스스로 찾아가는 과정 속에서 여러분은 삶의 문제를 해결하는 데 도움이 될 심리적 자원을 얻게 됩니다. 문학작품이 문제집의 모범 답안처럼 정답을 주는 것은 아니지만 적어도 스스로에 대해 고민해 볼 기회를 줄 것입니다.

여러분이 풀어 나가야 할 이런 과제에 대해 우리 스물한 명의 작가들은 세 가지 방향에서 접근해 보고자 했습니다. 나를 둘러싸고 있는 것들은 무엇이며 어떻게 관계 맺어야 하는가, 나의 미래는 어디에서 어디를 향해 나아가고 있는가, 나를 특정한 방식으로 말하거나 행동하도록 충동질하는 이 열등감과 콤플렉스의 실체는 무엇인가가 그것입니다.

일 년이 넘는 작업 끝에 우리는 세 권의 책으로 이루어진 소설집 시리즈를 여러분에게 보냅니다. 『관계의 온도』 『내일의 무게』 『콤플렉스의 밀도』라는 대주제 아래 말입니다. 물론 이 테마는 그저 표지석에 불과할 뿐입니다. 이 주제에 얽매이지 않고 자유롭게 읽어 주기를 바랍니다.

그중에서도 이 책은 『콤플렉스의 밀도』에 대한 단편집입니다. 콤플렉스란 그 본질을 쉽게 알아낼 수 없는 심리적 복합체를 말합니다. 사람에 따라 콤플렉스를 규정하는 언어는 다르지만 나는 이를 크게 셋으로 나눠 볼 수 있다고 생각합니다.

외모 콤플렉스처럼 사람들이 쉽게 인식할 수 있지만 의식적 노력만으로 잘 해결되지 않는 콤플렉스, 개인의 특정 경험에 의해 무의식 속에 잠재되어 자신이 왜 그러는지도 모르면서 자기 삶을 규정하게 되는 콤플렉스, 그리고 앞의 두 번째 경우처럼 무의식에 잠재되어 있지만 오이디푸스 콤플렉스처럼 개별적이라기보다는 보편적으로 가지고 있는 원형적 콤플렉스가 바로 이 세 가지입니다. 물론 이 세 가지 경우는 무 자르듯이 잘리지 않고 서로 뒤섞여 있습니다. 인식되어진 콤플렉스인 줄 알았으나 사실 더 깊은 곳에는 또 다른 콤플렉스에 연결되어 있기도 하고, 개인의 특수한 경험에서 비롯된 콤플렉스와 원형적 콤플렉스 또한 칡덩굴처럼 얽혀 있기도 합니다. 이렇게 뒤섞여 있기에 이 심리적 복합체를 콤플렉스라 부르게 되었겠지요.

이렇게 콤플렉스는 한마디로 설명하기 힘든 심리적 개념입니다. 그런데 청소년들에게 유난히 도드라지는 콤플렉스가 있습니다. 앞서도 말했듯이 청소년기가 되면 세계로부터 자아를 완전히 분리하여 자신을 객관적으로 보게 됩니다. 되고 싶은 이상적 자아와 현실적 자아 사이의 거리는 열등감을 생성하고, 이런 열등감은 개인의 노력으로 쉽게 극복될 수 없다는 사실 앞에서 절망하거나 분노하기도 합니다. 십 대 사이에서 '열폭'이라는 말이 생겨난 것은 우연이 아니지요.

그러나 이런 콤플렉스가 부정적 계기만 되는 것은 아닙니다. 콤플렉스 때문에 자기 자신을 괴롭히거나 존재를 부인하기도 하지만 이 콤플렉스를 극복하기 위해 무언가를 열심히 노력하는 동인으로도 작용합니다.

콤플렉스 없는 인간은 없습니다. 아무리 콤플렉스를 극복했다 하더라도 극복되지 않는 나머지들은 늘 존재하게 마련입니다. 그러니 이 콤플렉스를 억지로 무시하려고 하지 마십시오. 콤플렉스는 칼 융이 "새로운 일을 해낼 가능성의 실마리"라고 말한 것처럼 창조력의 원천이자, 개인을 앞으로 나아가게 하는 엔진과도 같은 내연기관입니다. 자신의 콤플렉스와 직면하여 이를 극복하기 위해 노력하다 보면 어느새 과거와는 달리 훌쩍 성숙해진 자신의 모습을 발견할 수 있을 것입니다.

이 단편집에 실린 일곱 편의 소설은 주로 청소년들의 콤플렉스와 접속된 것들입니다. 미스터리와 호러의 양식으로 풀어낸 글도 있고, 일상에서 누구나 쉽게 접할 수 있는 이야기들도 있습니다. 이 세상에는 다양한 콤플렉스가 존재합니다. 아마 청소년기에 주로 고민했던 열등감이나 외모 콤플렉스 등의 문제를 극복하고 나면 또 다른 콤플렉스가 불쑥 솟아오를 것입니다. 그러나 두려워 마십시오. 이 콤플렉스를 해석하고 극복해 가는 과정 자체가 우리들의 아름다운 삶입니다.

우리는 이 책을 통해 어떤 교훈을 전하려고 하지 않습니다. 다만 질문을 던지고 싶었을 뿐입니다. 이 질문에 대한 해답을 찾아가는 길은 여러분의 몫입니다. 이 책과 함께 부디 즐거운 여행이 되기를 바랍니다.

_스물한 명의 작가를 대신하여 엮은이 유영진 드림